KB077019

별 하나,
별 둘
그리고 별 여섯

별 하나, 별 둘 그리고 별 여섯
한마루 문학동인회 '젊은 꿈 이야기' 제6집

초판 인쇄 2019년 10월 20일
초판 발행 2019년 10월 25일

지은이 김재영 외
펴낸이 신현운
펴낸곳 연인M&B
기 획 여인화
디자인 이희정
마케팅 박한동
홍 보 정연순
등 록 2000년 3월 7일 제2-3037호
주 소 05052 서울특별시 광진구 자양로 56(자양동 680-25) 2층
전 화 (02)455-3987 팩스 (02)3437-5975
홈주소 www.yeoninmb.co.kr
이메일 yeonin7@hanmail.net

값 11,000원

ISBN 978-89-6253-473-3 03810

한마루 문학동인회 '젊은 꿈 이야기' 제6집

문학에 대한 꿈과 열정, 그리고 패기를 가진 젊은이들이 모여 만들어 낸 그들만의 '젊은 꿈 이야기'

별 하나,
별 둘
그리고 별 여섯

연인M&B

| 동인지 6집을 발간하며 |

어느덧 한마루 문학동인회가 여섯 번째 동인지를 내게 되었습니다. 십여 년이 넘는 시간 동안 문학을 향한 열정만으로 달려온 젊은 작가들이 이렇게 동인지라는 또 하나의 결실을 보게 되어 감회가 새롭고 남다릅니다.

매번 하나의 주제로 엮어 발간되는 동인지의 이번 6집 주제는 '혼자 먹는 밥' 입니다. 세상이 점차 각박해져 가면서 우리는 혼자서 일상을 살아갈 일이 많아졌습니다. 그만큼 혼자서 밥을 먹는 사람도 늘어 가고 있는데요. 그럼에도 불구하고 밥을 먹는 행위는 언제나 사람에게 몸과 마음의 위안을 가져다 줍니다.

비록 혼자이지만, 밥을 먹을 때면 뱃속이 든든하게 채워지듯이 이 책을 읽는 모든 분이 한마루 동인들이 쓴 작품을 통해 따뜻한 마음의 양식을 얻어 가길 바랍니다.

다음으로 이 지면을 통해 함께 문학을 사랑하며 작품 활동을 해 온 동인들에게 감사의 인사를 전하고 싶습니다. 아울러 한마루 문학동인회에 항상 큰 힘이 되어 주시는 박종숙 선생님과 동인지가 나오기까지 많은 도움을 주신 연인M&B 신현운 시인님께도 감사의 말씀을 드리고 싶습니다.

앞으로도 한마루 동인회가 꾸준히 이어질 수 있도록 따뜻한 격려와 관심 부탁드립니다. 감사합니다.

2019년 가을

한마루 문학동인회 회장 김재영

차례

별

★ 콩트

★ 수필

★ 동화

시 ★

김건영

김아영

김재영

박종숙

이혜성

한유정

김건영

1998년 서울 출생으로 2018년 『연인』에 시를 발표하면서 작품 활동을 시작하였다. 서울디지털대학교 문예창작학과에 재학 중이며 현재 '한마루' 동인으로 활동 중이다.

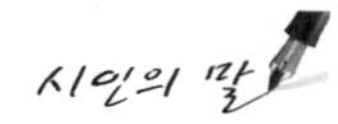

처음 입시를 위해 시를 쓰기 시작한 것이 어느새 제 삶의 큰 부분을 차지하고 있습니다. 시를 쓰면서 나를 보게 되었고 가족들을 보게 되었으며 이제는 주변을 보게 되었습니다. 안 보였던 것들이 보이고 생각하게 되면서 어떤 글을 쓰고 싶은지에 대해서 고민하게 되었습니다. 이제 막 시작하는 발걸음이 아직은 서툴지만 제 서투른 발걸음을 응원해 주는 선생님과 가족들이 있기에 느리더라도 꾸준히 걸어가고 싶습니다.

혼자 먹는 밥

내가 다시 태어난다면 물이 되고 싶다
먼지 들썩이는 그곳에서 홀로
밥알과 삼킨 삶의 무게
가슴 깊숙이 내려앉아 숨 막히게 하는
식어 버린 짜디짠 국처럼
억지로 들이켜야 하는 외로움
컵 표면에 맺힌 물기라도 되어
대신 울어 주고 싶다
철모르는 아이는 이제야 가슴이 젖는다
외로움을 반찬 삼아

오늘도 홀로 밥을 드시고 계실
아버지……
그 옆에 물이 되고 싶다.

빈 병이 우는 소리

드르륵 드르륵
누군가의 배고픔이 끌고 오는 소리
폐지와 맞바꾼 허기짐이 들린다
아파트 한 채보다 무거웠을
빈 병 여섯 개
빵 한 쪽도 사 먹지 못한
당신의 하루
커다란 포댓자루 안에는
여섯 개의 빈 병들이
달그닥 달그닥
당신처럼 허기진 빈 병도
온몸으로 울고 있다.

홀로라는 것

수많은 사람들 속에 나
휴대폰에 눈을 담고 코를 박고
지하철의 흐름에 따라
다 같이 이리 흔들 저리 흔들
홀로 있음에도 혼자가 아니다

지하철이 멈추고
스스로 걸음을 옮길 때
깊은 수렁에 담긴 왼발
문과 문 사이의 어둠 속
내 발은 보이지 않는다

발을 디딘 것은 나
빼는 것도 혼자여야 한다
홀로 걷는 나는
얼마나 위태로운 사람인가

구멍에 빠진 왼발
붉은 상흔을 남기고 나서야
가까스로 바로 선다
결국 혼자임을 나는 깨닫는다

집

우리는 넓은 도시를
부표처럼 떠돌았다
파도에 휩쓸린 듯이
밀리고 밀려서
도시의 외곽으로
다시 세상의 구석으로
어머니와 아버지는
늘 파도 속을 유영하고 있다
우리가 머물던 곳곳마다
서로의 기억을 간직하며
오늘도 망망대해를 맴돈다.

생선조림을 먹다가

퀭한 눈동자와 마주한다
그의 눈은 푸른 바다 대신
빨건 양념 속에 빠졌다
삶을 지탱해 왔을
굵은 잔뼈들이 살살 발리자
벌어진 아가미에서
양념들이 울컥울컥 나온다
하얀 속살 한 입 베어 물자
짭짤한 소금기가 느껴진다
소금은 안 쳤는데
엄마의 말에 나는 입을 다문다
그래 너의 눈물이었구나
삶을 빼앗긴 서러움
너의 슬픔이었구나.

김아영

서울 출생으로 서울과학기술대학교 문예창작학과를 졸업하였다. 2006년 『문예한국』과 『문학시대』에 시를 발표하면서 작품 활동을 시작하여, 시집 『하루치의 희망과 사랑』이 있다. 현재 '문학시대', '한마루' 동인으로 활동 중이다.

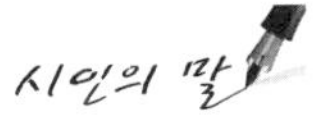

행복하기란 참 쉽지 않다는 생각이 드는 요즘,
행복이란 무얼까 생각해 봅니다.
어쩌면 작은 것에 감사하는 마음을 갖는 순간들이
행복을 느끼는 찰나가 아닐까 생각합니다.
모든 분의 모든 날이 행복하길 바랍니다.

당신을 쓰다듬다

등을 어루만지는 것이야말로
당신의 마음을 알아가는 일

뒤섞여 흘러나오는 단어 조각들을
끼워 맞추는 행위 대신

말없이 등을 쓰다듬는 것이야말로
가장 따뜻한 대화다.

당신의 오후

눈을 감고 가만히 햇살과 인사하는
당신의 오후는
봄인지 겨울인지 가을인지 여름인지도 모른 채
사계절이 지나간 시절의 그 시절을 더듬어
아른거리는 어느 날의 당신을 만나는 순간이다

어쩌면 젊은 날의 당신을 마주하고
떠나 버린 엄마를 애타게 찾는
오후를 맞이하는 때야말로
잃어버린 엄마 품처럼
가장 따뜻한 시간일지도 모르지

어렴풋한 자식들을 잠시 내려놓고
오롯이 눈을 감고 햇살을 느끼는 그 시간
당신의 오후가 슬프지 않았으면
잠시나마 아주 어릴 적 철없던 때로 돌아가
짊어진 무게를 벗어 두었으면.

애타게 기다리다

자그마한 문소리에 화들짝 놀라
손녀의 이름을 외치는 당신은
어젯밤 함께 저녁을 나누었음에도
오랜 시간 떨어져 있다가 만난 듯
하염없이 손을 잡고 눈물을 훔친다

가만히 앉아 쨍쨍한 햇볕을
바라보기만 하는 당신은
누군가를 그리 애타게 기다리는 걸까
당신의 가족이 바로 옆에 있는데
누구를 그리 찾고 있는가.

행복의 무게

어둠이 짙게 깔린 골목을 걸어간다
희미한 가로등 아래 걸려 있는 외로운 그림자
나는 발걸음을 멈추고 가만히 달빛을 바라본다
오늘따라 스치는 바람이 차가워
옷매무새를 고쳐 입고 다시 어둠을 가로지른다
어느새 집 앞에 도착한 나는
다시 시작될 이명을 떠안고 멈춰 서 있다
숨 쉴 틈 없는 공간 속
저 아래 끝까지 내려간 무거운 공기
자꾸만 발에 걸려 수도 없이 넘어진다
행복하기 위해 살아가는 것이 아닌
행복을 내 삶의 어느 하나쯤으로
여길 수 있는 순간은 언제쯤 올까.

당신과의 저녁

매일 저녁을 힘겹게 삼키는
당신을 마주하며
늘 혼자가 아니었던
나의 어린 날을 떠올린다

나무의 깊은 뿌리처럼
내가 지나온 나날들에
늘 머물러 있던
언제나 그리운 나의 당신

어느 계절의 어느 날
어느 순간의 달빛에
하늘로 스러질까
눈에 담고 또 담아 본다

푸르렀던 당신이
앙상히 마르는 동안
이제라도 당신을 위해
내가 할 수 있는 일은 무얼까

그저 당신 곁에서
외롭지 않게 눈 맞추며
혼자 두지 않고
함께 밥을 먹는 일이다.

김재영

대구 출생으로 단국대학교 문예창작학과를 졸업하였다. 2006년 『문학시대』에 시를 발표하며 작품 활동을 시작하였다. 현재 '한마루' 동인으로 활동 중이다.

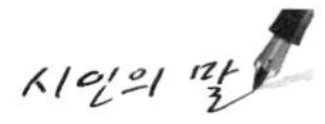

한 해 한 해 나이가 들수록 시간의 흐름이 빨라지는 것을 느낍니다. 하지만 앞으로 살아갈 날들에 '문학'과 함께하는 날들만은 시간이 천천히 흐르길 바라봅니다.

두 개의 까만 웅덩이

가장 쓴 커피가 담긴 찻잔 속 둥근 태양계
그 속에서 우리는 태어났다
그랬기에 가장 검은 진심을 각자의 몸속에
두 개씩 지니고 있다
때로는 영민하게, 가끔은 간사하게
귀를 기울이는 것보다 가만히 응시할 때가
더 진중하게 느껴지는 이유

하지만 세상은 언제나 입을 먼저 여는 사람의 편이다
혼자가 편한 사람은 변명을 까만 웅덩이로 대신한다
그것은 눈치로 꾸며진 인생의 가장 큰 방어막

그래서 홀로인 사람은 젖은 천처럼 마음이 눅눅해질 때
직사각의 문을 밀고 들어가
가장 아늑한 자신만의 지구로 향한다
보드라운 생각을 키우는 풀, 따뜻한 상상을 부르는 꽃
타인의 눈에 가장 어두운 웅덩이라도
누군가에게는 낙원이 되는 곳이 있다

한 템포, 두 템포 시간이 흐른 뒤
씁쓸하게 감도는 뒷맛이 달콤하게 변한다
두 개의 검은 웅덩이는 오늘 하루 말이 없었지만
그 무엇보다 수다스러웠기에
돌고 있는 태양 아래 가장 따뜻한 양지에서
오후를 보낼 자격이 있다

오늘 까만 두 개의 웅덩이는 더욱 깊어졌다
모든 말들은 두 눈을 통해 차갑고 뜨거워지고
시간은 숨을 쉬며 살아가는
사람의 모든 순간을 배운다

토요일 오전의 명상

고소한 냄새를 풍기는 구운 고기
촉촉하게 물기를 머금은 채소
윤기 나는 빛깔이 흐르는 밥
고기 한 점, 밥 한 순갈을 상추 위에 탁 올린다

봄이 손뼉 치고, 여름이 웃음 짓는 미각
눈앞에는 베란다 너머 짙은 초록을 배경 삼아
느지막이 낮잠을 자는 고양이가 있다

파란 창 불빛들, 촘촘히 열을 맞춘 회색 콘크리트를 잊고
가장 편안한 오전을 만나는 시간
내 안으로 들어온 음식도 주변을 이루는 풍경도
눈을 감지 않아도 볼 수 있는 가장 황홀한 명상인 것을

밥그릇에 붙은 밥알이 모두 사라질 때까지
달그락달그락, 오물오물 명상의 배경음악은
반복 재생처럼 계속 울리고
나는 가장 조용하고, 따뜻한
오후 12시의 나를 맞이한다

한 사람의 우주

육즙이 흐르는 맛있는 스테이크
풀이 보이는 5층 높이의 집
희망 대출 목록을 해소할 수 있는 도서관
음악을 들으며 조용히 서행하는 출근길
최저가로 끊은 여름의 여행 티켓

바람으로 잎이 만들어져도
바람에 후욱 날리는 순간
한 인간의 코스모스가 흔들린다

모든 것을 잃고 노란 자아만 숨을 쉬어도
다시 희망 사항을 모아 잎을 피워 내면 그만

겹겹이 모이고 모인 잎의 끝은
우주 속의 먼지처럼 휘휘 휘날려도
내 안은 다시 우주를 만들고
우주는 내 마음에 다시 꽃을 피운다

그것이 현실화되는 순간에
나는 비로소 씹고, 걷고, 살아가고, 숨 쉬며
질서정연하게 한 계절을 음미한다

찬란한 가게씨의 일생

장사가 아주 잘되던 가게가 있었다

어떤 말을 팔아도 인기 있고
가장 높은 키를 내세워도 관심은 끊이지 않고
경쟁자는 오롯이 혼자인 그런 가게

비가 오는 날 영국의 셰익스피어처럼
음침한 기분으로 사람을 맞이하는 날
햇살이 가장 밝은 날
호기롭게 가장 큰 몸동작을 취하던 날
세상은 언제든 그 가게를 향해 박수를 쳐주었다

미국의 뉴욕에서 공수한 세련된 감성을
라오스 오지의 순수한 마음을
중국 상하이에서 가장 깊은 열망을 더 해
달콤하고 쌉싸름하지만 깊이 있는
그런 복잡한 맛에도 환호는 이어졌다

그렇게 십여 년 동안 가게는 문전성시를 이뤘다
하지만 영원할 것 같던 관심과 키는
그래프의 하향 곡선처럼
자꾸만 자꾸만 낮아지고
어떤 기분의 조미료를 더 해도 맛은 매일

푸른 잎과는 점점 더 멀어져만 갔다

가게에는 희미하게 검은 발자국이 남은 바닥과
손때가 묻은 벽들만 남았을 뿐
이제 매출은 영원이 아닌 0원이다
새벽과 오전을 보낸 후 가게는
이제 노을을 향해 가는 중이다

그리고 붉은빛이 사그라든 어느 날
가게에는 가장 긴 오후가 찾아왔다
아무런 소리도 나지 않고,
현관문에 달린 종소리만 달랑달랑 대는 그런 오후
다만 선반 위 햇빛에 비친 뽀얀 먼지만은
처음 탄생했던 순간의 뽀송뽀송한 솜털이 되었다고 한다

가게는 이제 더는 셔터를 올릴 수 없다
하지만 그 자리에 그 이름 그대로
가장 뜨겁고 차가운 인생을 남길 뿐이다

취향 없는 사람

한 명의 사람은 말이 없다
두 명 이상의 사람들은 말을 한다
모든 주제는 인간 사이의 끈을 만들고
끈끈이 풀처럼 얽히고설킨
취향들이 공간을 가득 메운다

혼자는 말이 없다
세상에 말을 걸지만,
돌아오는 답은, 답이 없다

TV는 바보상자, 혼자는 바보
인류가 붙여 준 가장 혼탁한 네이밍
무념무상은 인간이 될 수 없다
인간 안 되겠네, 옛말이 사람이 된다

침대와 한 몸이 되면
신문 기사의 사회기사에 장식되고
앞으로 앞으로 지구를 걸으면
사람들이 아니라 철학을 맛보게 된다고
바보만이 알고 있다
아무것도 없다는 것은
온전히 나를 가진다는 것의 다른 이름
취향 없는 사람은 지구의 외곽에서
스스로 매달려 있다

박종숙

1992년 『시대문학』으로 詩 『성내천을 바라보며』 외 10편으로 등단하였다. 시집으로는 『날마다 받는 선물』 외 9권이 있다. 현재 '한마루' 동인으로 활동 중이다.

시인의 말

능소화는 오늘도 줄타기를 한다. 전봇대 끝까지 올라 손 흔드는 모습이 마치 개구쟁이 시절 나를 보는 것 같아 종일 눈을 떼지 못한다. 가을은 예나 지금이나 설렘이다. 가을이 오고 있다.

걱정은 파도를 탄다

낯선 남자의 전화는 가슴이 내려앉는다
"할머니가 길을 잃어서 제가 전화를 드리는 겁니다."
아들 집에 가신 92세 나의 어머니
아파트 동호수를 잊어 헤매신다는 전화다
아기처럼 허둥대며 당황하셨을 엄마
친절한 남자는 엄마의 전화기를 들고
아들과 딸을 찾아 단축번호를 눌렀을 터,
가슴이 철렁, 숨을 제대로 쉴 수가 없다
간신히 통화가 되어 엄마를 부르자
"얘야! 너 기침은 가라앉았니?"
당신의 일은 까맣게 잊고 내 걱정을 하신다
환갑이 지난 딸에게 찬물 먹지 말고 이불 잘 덮고 자라며
하신 말 또 하시고 자꾸만 당부를 하신다
나는 엄마 걱정뿐인데
엄마는 온통 딸 걱정뿐이시다.

혼자 먹는 밥

녀석은 밥보다 겁을 먼저 삼킨다
불빛보다 강한 눈빛을 떨며
어딘가 숨겨 놓은 새끼들 걱정에
먹이를 씹는 둥 마는 둥

아주 빠르게 아주 조금만
급히 음식을 삼키고
물도 먹지 못한 채
새끼들 지키러 또 숨어 버린다

발소리 끊기고
새끼들 잠든 시각
아무도 없는 틈을 타
혼자 살짝 먹고 가는 밥

길고양이 엄마는 오늘도
세상의 무서운 것들과 맞서
새끼들을 지켜 내야 하기에
혼자 밥을 먹는다.

낮이 밤인 듯 밤이 낮인 듯

잠 한 번 실컷 자 보았으면
온종일 연속으로 드라마를 볼 수 있었으면
잔소리 없는 세상에서 마음껏 자유를 누려 봤으면

그런 시절이 있었다

늘 무언가를 갈구하고
마음 가득 불만이 차서
웃을 일 하나 없이 원망으로 시간을 보내던

그런 시절이 있었다

세상은 공평하다고 했나
그토록 시간에 쫓기어 허덕이던 내게
주체할 수 없는 시간이 주어졌다

이런 날이 오다니…

밤인 듯 낮인 듯
자도 되고 깨어도 되고
종일 드라마를 봐도 누가 뭐랄 사람 없는

이런 자유가 내게도 오다니.

지우다

사는 동안 몇 명의 이름들을 만날 수 있을까
휴대폰 속에 저장된 수천의 이름들
누군가는 평생의 은인이었고
누군가는 오른팔처럼 의지가 되기도 했던 사람
없으면 죽을 것처럼 가까웠던 친구도 있고
다시는 기억하고 싶지 않은 사람도…
그 이름들이 뚫어지게 나를 바라보고 있다
인생을 살면서 협곡을 지나고 강을 건너다보니
얼굴도 기억나지 않는 이름들이 허다반하다
중요한 인연이라 차곡차곡 저장을 했을 텐데
아무리 눈을 씻고 다시 보아도 얼굴이 떠오르지 않아
낯선 이름 앞에서 한숨을 뱉는다
그들은 나를 기억할까
한 번도 불러 주지 않는 그들의 휴대폰 속에도 내가 들어 있을까
기억 속에서 사라진 그 이름들
나는 지금 하나씩 지우고 있다.

소설을 쓴다

누군가 말했지
인생은 소설이라고
세상에 있음직한 이야기는 바로
그런 이야기들이 세상에 있다는 뜻
어머니의 살아온 이야기는 열 권도 넘는 책이라 했고
아버지의 삶은 무협지보다 더 박진감이 넘친다
왜 그렇게 죽을 고비는 많이 겪었는지
굽이굽이 구원의 손길은 왜 그리도 자주 등장하는지
내가 걸어온 길은 단편이라도 될까
우리는 모두 소설을 쓴다
소설이 되기 위해 사는 것이다.

이혜성

1993년 울산 출생으로 경기대 문예창작학과를 졸업하였으며 2011년 『문예사조』에 시 부문 신인상 수상으로 등단하였다. 2015년 시집 『짧아지는 연필처럼』을 출간하였다. 현재 '한마루' 동인으로 활동 중이다.

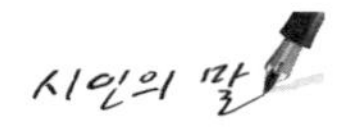

작가의 말을 쓸 때마다 저는 작품을 쓰는 것보다 더한 부담감을 느낍니다. 꾸밈없이 솔직한 이야기를 하려면, 시를 놓아 버린 채 시인이라는 이름만 붙들고 지냈던 지난날과 요즈음을 돌아보아야 하기 때문입니다. 핑계를 대 보지만 그다지 적절한 것도 없습니다. 그저 나태함이라는 단어만이 드러나지 않으려고 숨어 있지만 금세 들키고 맙니다. 그간 틈틈이 지은 그나마 몇 안 되는 작품들을 추려 동인지에 실어 봅니다. 동인지를 준비하며 시를 지을 때는 그래도 가슴이 뛰고 피가 끓는 것을 보니 쥐꼬리만큼이라도 시인의 심장이 남아 있음을, 그리고 시가 내 곁에 있음을 느낍니다. 하나 확실한 것은, 제가 어디에 있든지 무엇을 하든지, 어떤 길에서 방황하든지 시는 그 자리에 항상 있으면서 저를 기다린다는 사실입니다. 제가 힘들 때, 문을 두드리면 시는 탕자 같은 저를 언제든지 환영해 줍니다. 글 없이는 살 수 없음을 새삼 다시 느낍니다. 아울러 그런 제게 종종 시심(詩心)이 일게끔 깨우쳐 주시는 박종숙 선생님께 감사드립니다.

문서세단기의 이슬

한 번의 문신을 위해
그는 태어났던가
힘찬 모터 소리에
찢기는 고통과 비명조차 삼켜지고
멋들어진 문신에 갇힌 기록마저도
숨 거두어 사라진다

죄 한 방울 닿은 적 없는 백지
직선과 곡선의 검은 잉크가
채찍 자국처럼 마구 그어지고
그 검디검은 자국들을
전부 안고서 몸을 사른다
누구에게도 보여서는 안 된다는 듯이

도끼날에 찍힌 아픈 기억이
채 잊히기도 전에
그는 다시 찢김을 당한다
어쩌면 태어날 적부터
그는 알고 있었을지도 모른다
자신의 앞길을
미래를, 찢김을

몇 글자를 새겼든
한 번의 쓰임과 파쇄
소리 없는 눈물까지 함께
해골 가득한 절벽에 떨어진다
공포를 느낄 여유조차 주지 않는
저 입, 이빨들의 발구름.

쓸쓸한 식탁

처음 혼자 식당 문을 열고 들어가
홀로 밥을 먹던 날
눈을 질끈 감고
귀를 막아야만 했지

사람들이 수군거리는 것 같아서
힐끗힐끗 쳐다보는 것 같아서
홀로인 내 상황에 모두가
주목하는 것만 같아서

시간이 지나
혼자 먹는 일이 익숙해지고
편해지기까지 할 무렵
아무도 신경 쓰지 않는다는 걸 알았지

요즈음도 출근하는 날이면
혼자 점심을 먹어
점심시간이 다가오면 습관처럼
그날 먹을 메뉴를 생각하곤 해

그러다 문득 떠오르지
뭐든 혼자 하지 않았던 날들
너와 함께였던 그날에는 낯설었을
이 모습이 이제 어색하지 않아

벽을 마주한 자리에서
음식맛을 느낄 새도 없이
빠르게 젓가락을 놀리는
나를 봐 줘

오늘은 혼자 먹을 점심이
왠지 모르게 두려워져
네가 고르는 메뉴로 함께하자
또 남기냐고 하지 않을게

혼자 먹는 게 편해
애써 스스로 달래 보지만
차오르는 눈물은 너무나 정직해
젓가락을 탁, 놓게 만들어

초라하게 빈 내 옆자리가
환해질 수 있게
아무 일 없었던 것처럼
살며시 앉아 젓가락을 들어 줘.

카메라맨

좀처럼 만나기 힘든 스타들
그들을 온전히 담아내기 위해
보이지 않는 무게를 짊어진 채
도심을 달리고 산비탈을 오른다

방송 어디에도 드러나지 않지만
이리저리 바삐 굴러가는 눈동자
세상에 스타를 보여 주는 창
더도 덜도 아닌 딱 그뿐

걸으면 같이 걷고
뛰면 앞서 달려야 한다
꼭 붙들린 카메라가
땀으로 젖어드는 시간

눈 없이 볼 수 있는 것은
그저 암흑뿐이라는 사실
아는지 모르는지 우리는
스타들의 드러나는 모습에만 환호한다

한 명을 담기 위해
에워싼 수많은 눈동자들이 있다
스타를 만드는 일등공신이 아닐까
묵묵히 짊어진 카메라가 묵직하다.

헤어짐, 그 뒤편

간질이는 봄비 같기도 하고
때로는 물따귀 같기도 한
감정들이 한 방울씩 떨어진다

미움 다툼 한 방울과
시기 질투 두 방울에
의심의 번개까지 내리치면

좋았던 날들, 불길 같았던 사랑은
기억 속 오간 데 없고
패이고 패인 바위는 실금이 간다

한 번 금이 간 바위는, 가슴은
무엇으로도 메워지지 못하고
벌어지다 끝내 두 동강 나는 것

좋았던 만큼, 예뻤던 만큼
더욱더 짙어지는 상처가
눈물보다 빠르게 차오르는데

나도 모르는 사이 고개 내민 후회
자존심이라는 상자에 눌러 넣고
괜찮아, 맘에도 없는 말 툭 뱉는다.

호스피스 병동에서

떠나가는 이는 울지 않는다
보내는 사람만 눈물 쏟을 뿐
푸른 여름과 화려한 가을을 지나
앙상해지는 겨울나무들
말라 가는 나무들이 누운 온실은
세상 어느 곳보다 평온하다
한 푼 더, 한 걸음 더
바라는 것 원하는 것을 위해
빠르게 돌아가는 창밖과는 달리
그저 눈뜰 수 있음에 감사
오늘이라는 선물이 다시금
허락된 것만으로 행복한 이곳
죽음을 의식하고 살아가는
유일한 존재인 인간들은
작디작은 겁쟁이들이지만
여기, 두려움 없는 초월의 공간
다가오는 녀석에게 지지 않겠다는 듯
모두가 두려워하는 것 앞에서 담담한
어쩌면 이 세상
가장 강한 용사들일지도 모른다.

한유정

1995년 서울 출생으로 2018년 『연인』 신인문학상으로 등단하였다. 현재 '한마루' 동인으로 활동 중이다.

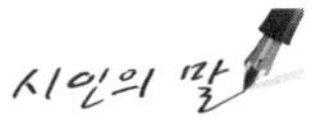

등단한 지 고작 1년도 채 되지 않았지만, 완벽한 구절보다 마음에 와닿는 한 연을 위해 시를 쓰겠다는 마음가짐에는 변함이 없습니다. 좋은 시인이라는 말까지 아직 갈 길이 멀지만 늘 이름 앞에 붙여진 시인이라는 말에 무게감을 느끼며 더 깊이 고민하겠습니다. 저와 함께 고민해 주고, 도움을 주었던 분들 모두 감사합니다.

1악장

제목을 짓고 써 내려간 시
삶을 살아 보지 않고 지어진 이름처럼
나의 악장은 준비 없이 그려졌다
색을 보지 못하는 사람에게
하얀색을 설명할 때
나의 시 1악장을 들려줄 것이다
혼자서는 아무것도 못하던 어린아이
그리는 대로 그려질
나는 하얀색으로 태어났다.

혼자 먹는 밥

시간 약속을 정할 필요도
따져 가며 메뉴 선택을 고려할 필요도
어느 곳에 가야 하나 상의할 필요도 없이
오롯이 나 하나만을 위해 결정할 수 있음에도

밥을 먹기 위해서가 아닌
밥알의 수를 헤아리려 젓가락을 들고
국을 떠먹기 위해서가 아닌
국의 양을 재려 수저를 든 느낌

텅 빈 앞좌석
말을 걸어 주는 이는 달랑 휴대폰 하나
입은 오롯이 먹는 것에만 집중해
빠르게 비워 낸 그릇

여유를 가질 수 있음에도
온갖 말을 덧붙이며 이유를 찾아내고
외로움이 무뎌져 당연시 되어 가도
그 자리에 쓸쓸함을 낳아
새로 자리해 버린다

함께라는 말 틈에
혼자라는 말은 어떤 수식어를 붙여도
괜찮아질 리 없으니.

아무것도 아닌

파도가 밀려올 때마다
부서져만 가는 기억

물에 젖은 기억 말고
불에 그을린 기억 말고

위태롭게 책장에 붙어 있는
시간의 조각들을 찾는다

꺼내 보지 않아 구석에 웅크린
선명한 기억의 파편

잔상만이 남은 틈 사이
유독 선명하게 자리한 것은

아무것도 아닌 날
아무것도 아닌 기억뿐이다.

꽃

사랑하는 만큼 물을 주었고
아끼는 만큼 가꾸었고
닳을까 싶어 감추었다

할 수 있는 걸 다 해
보듬어 보아도
점점 시들어 가는 꽃

열심히 해도 안 되는 것이 있다고
스스로를 달래 봐도
사무치는 좌절감과 배신감

시간을 벗삼아
시들어 가는 모습을 방관하자
살아나는 꽃

그제야 알았다
내 마음을 우선 삼아
배려하지 못했다는 걸.

마음으로 쓰는 시

감정에 스위치가 없다는 걸 알았을 때
처음으로 글을 적었다
줄 수 없고, 끌 수 없다면
더는 적을 게 없을 때까지
다 털어내 보자고
빗물 고인 웅덩이가
바람에 파동하듯
툭 떨어진 눈물방울에
잉크는 번져 가고 글씨는 짙어진다
끄집어낼 수 없을 만큼
심연의 깊은 곳까지
뿌리 내린 너를 뽑으려 하니
아파서 자꾸만 눈물이 난다.

콩트 ★

이은비

1983년 서울 출생으로 2011년 『문예사조』에 소설을 발표하며 작품 활동을 시작하였다. 현재 '한마루' 문학 동인으로 활동 중이다.

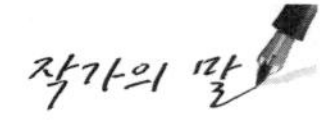

어느덧 동인지 네 번째 참여를 하게 되었습니다. 많은 일들로 인해 심적으로 고달픈 한 해가 반쯤 지나갔습니다. 모자람에도 불구하고 마지막까지 참여하도록 도와주신 선생님과 한마루 동인 회원들께 고마움을 표현합니다. 내년에는 더 나은 모습으로 다시 뵙겠습니다. 감사합니다.

크리스마스와 어묵

착한 어린이는 크리스마스 날, 산타클로스에게 선물을 받는다. 그렇다면 착한 어른은? 12월 24일의 밤, 편의점 한구석에 서서 어묵을 우적우적 씹어 먹으며 세호는 생각했다. 김세호, 나이는 올해가 지나면 만으로 32세, 직업은 말이 좋아 대기업이지, 실상은 언제 잘릴지 모르는 비정규직이다. 보증금 천오백만 원에 월세 50만 원짜리 단칸방에 살며 돈이 없어 애인도 못 사귀는, 이른바 희망도 꿈도 없는 인생이란 자신을 두고 하는 말이라 세호의 입가로 씁쓸한 미소가 피어오른다. 거리에는 징글벨이 신나게 울려 퍼지건만 그는 지금 혼자다. 구세군의 빨간 통이 편의점 유리창 밖으로 바람에 흔들리고 있다. 거리는 너도나도 삼삼오오 짝을 이루어 하하호호 웃으며 길을 걷고 있는데 그는 편의점 한구석에 서서 어묵을 씹고 있다. 처량 맞기 그지없는 신세라 생각하면서 세호는 종이컵에 어묵 국물을 퍼 담아 후르륵 마셨다. 국물이 좀 짜다.

크리스마스이브의 밤, 언제 잘릴지 모르는 비정규직에게는 그게 그거에 불과한 그저 일하는 날 중 하루에 불과하다. 오늘도 세호는 산처럼 쌓인 일을 허겁지겁 마치고는 지친 몸을 이끌며, 집으로 터덜터덜 돌아왔다. 평소라면 곧바로 집으로 들어가 잠자리에 들었다 늦은 주말의 오후에 깨어나겠지만 오늘만큼은 평소처럼 하고 싶지가 않았다. 오늘은 어찌되었든 간에 특별한 날이 아닌가, 그는 생각했다. 모든 이에게 특별한 날, 그 특별한 밤을 집에 가서 잠으로 소비하고 싶지는 않았다. 비록 비정규직에 가진 것이라고는 보증금 천오백짜리 월세밖에 없는 외로운 인생이지만 이런 특별한 날은 즐겨도 될 권리가 아주 조금은 그 자신에게도 있지 않을까 생각했다. 남들처럼 그도 크리스마스의 전야를 즐기고 싶었다. 그것이 비록 편의점 구석에서 몇 푼 안 되는 싸구려 어묵을 사 먹는 일에 불과해도 말이다. 그는 편의점 한구석에 서서 어묵을 먹으며 크리스마스이브의 밤, 축제에 들뜬 거리의 풍경을 즐겼다.

세호가 세 개째의 어묵을 입에 물었을 때였다. 경박한 편의점 특유의 종소리와 함께한 노인이 편의점 안으로 들어섰다. 그 노인은 낡고 허름한 밤색 외투를 입고 헐벗은 헝클어진 회색 머리카락 위로는 하얀 눈이 모자처럼 소복이 쌓여 있었다. 노인은 머리 위에 쌓인 눈을 손으로 털어내며 편의점 안으로 경쾌한 발걸음으로 들어서더니, 이내 허허 웃음을 터뜨리며 말했다.

"허허, 날씨가 참 춥구만."

밖에 내리는 눈처럼 흰 수염을 손으로 쓰다듬으며 그 노인은 사람 좋게 웃었다. 세호는 세 개째의 어묵을 목으로 꿀꺽 삼키며, 방금 편의점 안으로 들어선 노인의 모습을 흘긋 바라보았다. 뭐랄까 정확히 콕 집어 이유를 말할 수는 없었지만 뭔가 특이한 느낌의 노인으로 눈을 떼기가 힘들었다. 그 노인은 편의점 안을 처음 들어와 본 사람처럼 신기하단 표정을 지으며 둘레둘레 구경하다 이내 세호의 곁으로 다가왔다. 노인은 그의 곁으로 다가와 빙그레 웃으며 그에게 말을 걸었다.

"이봐, 젊은이 그것이 뭔가. 퍽 맛있어 보이는데."

"예… 예? 이건 어묵이라고 하는데요. 어묵 모르세요?"

갑작스레 말을 거는 노인의 행동에 놀란 세호는 마시던 어묵 국물을 삼키는 것도 잊고 옆으로 다가온 노인의 얼굴을 뚫어져라 쳐다봤다. 이리저리 흠집이 난 낡고 비뚤어진 금색 테의 안경 너머로 맑은 푸른색 눈동자 한 쌍이 기쁨의 빛을 내며 그의 눈과 마주하고 있었다.

'외국 노인이로군. 외국인치고는 한국말을 아주 잘하는데.'

세호는 입에 머금고 있던 국물을 꿀꺽 삼키며 생각했다. 왜일까 노인의 눈동자에 다정함과 친근함이 느껴진다. 세호는 알 수 없는 끌림과 이유 모를 호감에 노인을 향해 어색한 미소를 지어 보이며 대답했다.

"뭐 그럭저럭 먹을 만합니다. 특히 겨울에는 이거 하나면 추위를 싹 잊게 되죠."

그의 마지막 말에 노인이 반색하며 눈을 반짝거린다. 노인은 허름

한 자신의 주머니를 뒤적거리며 기대에 찬 목소리로 말했다.

"추위에 좋다 이거지. 그럼 어디 나도 한 개만 먹어 볼까…."

주머니를 뒤적거리는 노인의 손바닥 위로 손때가 묻은 백 원짜리 동전들이 한 개, 두 개 모습을 드러낸다. 세호는 종이컵에 남은 어묵 국물을 들이키며 노인의 손바닥 위에 놓인 동전들을 곁눈으로 슬쩍 세어 보았다. 척 봐도 백 원이 모자라 보인다. 저걸로는 어묵 하나 사 먹기 힘들겠는데, 동전을 세어 보던 노인도 그 사실을 깨달은 듯 당황한 표정을 짓더니 두 어깨를 축 늘어뜨렸다. 노인이 자신의 손바닥 위에 올려진 동전들을 바라보며 난처한 목소리로 허허, 허허 하고 웃는다. 세호는 그런 노인의 모습이 왠인지 우습기도 하고 안쓰럽기도 하여 그 노인을 향해 조심스레 말을 걸었다.

"영감님, 어묵이 그렇게 드시고 싶으시다면 제가 사드릴까요."

세호의 말에 노인의 파란 눈이 다시 낡은 안경테 사이로 반짝이며 그를 돌아보았다. 난처해하던 모습은 어디로 가고 금세 화색이 도는 그 노인의 얼굴에 세호는 터져 나오는 웃음을 겨우 눌러 참았다. 그는 어묵 진열대에서 직접 먹음직스러워 보이는 어묵을 하나 골라 노인에게 건넸다. 노인은 그가 쥐여 준 어묵을 호호 불며 허겁지겁 먹기 시작했다. 수염에 어묵 국물을 묻혀 가며 먹는 노인의 모습에 빙그레 웃음이 절로 나온다. 노인은 으적으적, 소리 내며 어묵을 씹어 삼키더니 이내 게 눈 감추듯 하나를 먹어 치웠다.

"하나 더 드실랍니까."

눈 깜짝할 사이에 어묵 하나를 먹어 치운 노인을 향해 그가 묻자 노인은 고개를 가로저으며 하나만으로도 충분하다며 세호의 친절에 감사를 표했다.

"젊은이의 착한 마음 씀씀이 정말 고마우이. 마음 같아서는 하나 더 먹고 싶지만 내가 갈 길이 급하구먼."

정말 외국인치고는 놀라운 한국말 실력이었다. 어묵을 다 먹은 후 어묵 국물도 한 컵 쭉 들이켠 노인은 세호의 친절에 고마움을 표하며 들어왔던 것과 같이 가볍고 경쾌한 발걸음으로 다시 편의점 문을 나섰다. 편의점 문을 나서기 전 노인이 발을 멈추고 세호를 돌아봤다. 노인은 파란 눈을 즐거움과 장난기로 반짝거리며 그에 물어왔다. 이번 크리스마스에 받고 싶은 선물은 있나. 노인의 갑작스러운 질문에 그는 결국 참고 있던 웃음을 터뜨리며 큰소리로 대답했다.

"없습니다. 하하하, 정말 재미난 어른이시군요."

없다고 말하는 세호의 대답에 노인은 시무룩한 표정을 짓더니 다시 질문을 던졌다. 그렇다면 소원은?

"소원이라 글쎄요…."

그는 잠시 생각에 잠긴 척하다 이내 노인을 향해 대답했다.

"글쎄요. 특별한 것은 없고. 산타클로스가 실제로 있다면 직접 한 번 보고 싶습니다."

그의 대답에 노인은 전혀 뜻밖이라는 표정을 지으며 혼잣말처럼 중얼거렸다.

"그런가, 그것 참 시시한 소원이로구먼. 그럼 난 가네. 착한 젊은이 메리크리스마스."

노인은 편의점 문을 열고 밖으로 사라졌다. 사라지는 노인의 등을 향해 세호 역시 손을 흔들어 보이며 말했다. 영감님도 메리크리스마스.

"정말 이상한 노인이야. 자기가 무슨 산타라도 되나?"

자신이 먹은 어묵 값과 노인이 먹은 어묵 값을 지불하고 세호는 거리로 나섰다. 다 떨어진 비닐 재킷 주머니에 두 손을 찔러 넣고 그는 함박눈이 쏟아져 내리는 거리를 천천히 걷기 시작하였다. 편의점을 나서 집으로 향하는 골목을 도는 세호의 발밑으로 구겨진 신문지 조각이 바람에 날려 굴러온다. 굴러온 신문 쪼가리 위로는 어린이가 크레파스로 쓴 듯 삐뚤빼뚤한 글씨로 이렇게 쓰여 있었다.

〈하늘을 보세요.〉

별다른 의심 없이, 아니 딱히 할 일도 없었기에 세호는 신문 조각에 쓰인 지시대로 하늘을 올려보았다.

딸랑, 딸랑, 맑은 종소리가 그의 귓가로 은은하게 울린다. 눈이 떨어지는 밤하늘 위로 환히 빛나는 달빛이 그의 눈에 깃든다. 그리고 그는 그 밤하늘 사이로 분명히 보았다. 여러 마리의 사슴이 끄는 커다란 썰매가 종소리를 울리며 경쾌하게 달빛과 하얀 눈송이 사이사이로 지나가는 모습을. 세호의 눈이 즐거움과 놀라움으로 크게 떠진다. 세호는 생각했다. 죽을 때까지 오늘을 잊을 수 없을 거라고 그는 확신에 가까운 마음으로 크리스마스이브의 밤하늘을 올려보았다. 오늘은 크리스마스이브의 밤, 착한 사람은 산타클로스에게 선물을 받는다는 특별한 밤이었다.

수필 ★

김태란

유명자

김태란

1992년 서울 출생으로 2010년 『문학시대』에 수필을 발표하면서 작품 활동을 시작하였다. 현재 '한마루' 동인으로 활동 중이다.

작가의 말

나를 스쳐 간 사람도, 내가 스쳐 간 사람도 모두 안녕했으면 합니다. 작가의 말을 쓸 때마다 울컥하는 이 마음은, 제 마음속에 자리잡은 그리운 이들 때문이겠죠. 함께 사는 이곳에서도, 그렇지 못한 그곳에서도 모두가 안녕하길 바라는 9월입니다.

스물넷, 스물여덟

—혼자 먹는 밥

서른이 되면 대단히 다른 삶이 펼쳐질 줄 알았다. 구체적으로 생각해 본 적은 없지만, 적어도 미디어에서 접했던 서른의 삶을 살지 않을까 생각했다. 그러나 서른을 한 해 반 정도 앞둔 지금, 나는 서른에 대한 환상을 가졌던 스물넷 때와 별반 다른 게 없는 사람이었다. 여전히 매일 새로운 고민이 생겨나고 미래는 불확실하며 흘러간 과거에 미련을 두고 있다. 다만 한 가지 분명해진 것은 타인이 무슨 말을 하든 흔들리지 않는 힘이 생겼고, 백 명의 사람들이 옳다고 말해도 "그건 아닌 것 같은데." 라고 말할 수 있는 나의 신념이 생겼다는 것이다.

서른에 가까워질수록 가장 크게 변한 것은 관계를 대하는 태도였다. 초등학생 때부터 대학생 때까지 나는 내가 사람을 좋아하고 무척 외향적인 사람인 줄 알았다. 주변엔 항상 사람이 많아야 하고, 발이 넓어 학교에서 모르는 사람이 없고, 나이를 떠나 모든 사람과 살갑게 지내는 사람 말이다. 그래서 사람과의 관계에서 조금만 금이 가면 크게 스트레스를 받았고 어쩔 줄 몰라 했다. 그리고 그 이유를 모두 내게로 돌렸다. 내가 잘못해서, 내가 실수해서, 이 관계가 틀어지고 멀어지는 것으로 생각했다. 하지만 내가 사회생활을 시작하고 이전보다 훨씬 많은 사람을 만나면서, 그 생각은 조금씩 변하기 시작했다.

이 변화의 정확한 시발점은 알 수 없으나, 어렴풋이 추측해 보자면 첫 사회생활을 시작했던 스물넷 여름부터였던 것 같다. 너무나 많은 사람을 만나고 태어나 처음 겪는 일들이 무수했던 그 시기. 그래서 혼란스럽고 어려운 수학 공식을 처음 배우는 것처럼 머리가 자주 아프던 때였다. 하지만 그만큼 나는 성장했고 나의 세계는 하루가 다르게 확장되어 갔다. 나만의 가치관이 만들어져 가고 새로운 신념이 생기고 나를 비롯한 모든 것들을 바라보는 시선이 나날이 새로워졌다. 이 시기는 비단 나뿐만 아니라 내 주위 친구들에게도 찾아왔는데, 문제는 그 시기가 지나면서 친구들과의 거리가 점차 멀어졌다는 것이다.

학창 시절 때까지만 해도 우리의 세계는 비슷했고 우리가 겪는 일상은 늘 고만고만했다. 그래서 비슷한 생각을 하고 네가 나 같고, 내가 너 같은 사람으로 더불어 지냈다. 더할 나위 없이 끈끈한 사이였고 이 세상에서 제일가는 죽마고우라고 자부할 수 있었다. 하지만 그랬던 친구들이 각자의 우주가 생기고 나와는 다른 일상을 살아가는 모습을 보며 나는 왠지 외로워졌다. 자꾸만 부딪히는 친구와의 가치관

차이, 변해 가고 달라져만 가는 취향에 대해 내가 어떤 행동을 해야 할지 고민이 많아졌다. 요즘 말처럼 개인의 취향, 즉 '개취'를 존중하면 그뿐이었다. 존중하고 이해하면 문제가 없을 일이었지만 그렇기엔 우리는 너무 가깝고 익숙한 사이였다. 서로가 아는 상대방의 모습이 변해 가는 게 낯설었고 뜻하지 않은 잔소리가 계속됐다. 서로를 이해시키는 데 많은 시간을 소비했다. 그렇다 보니 나는 점차 친구들과 멀어졌고 조금만 의견이 어긋나면 '아, 얘도 이제 나랑 안 맞는구나.' 하며 쉽게 뒤돌아섰다. 너무나 친했던 사이였기에 서로 언성을 높이고 감정을 소모해 가며 싸우는 일에 더욱더 쉽게 지쳐 버렸다. 친구 없인 못 살 것처럼 살던 내가, 친구를 모두 끊어 내고 단칸방에 혼자 앉아 있는 모습이 되어 버린 것이다.

나를 오랫동안 봐 온 친구들은 나를 떠올리면 나의 친구 H가 함께 생각난다고 했다. 중학교 3학년 때부터 대학교를 졸업한 이후로도 나와 H는 많은 것들을 함께한 사이였다. 어디를 가든, 무엇을 하든 H가 함께였고 누군가에게 내 얘기를 하다 보면 자연스럽게 H에 관한 소식이 등장했다. 그만큼 H는 나에게 어쩌면 그냥 '나' 같은 친구였다. 왜인지 마음이 쓰이고 돕고 싶고 정말 평생 함께하고 싶은 존재였다. 그래서 의식적으로 더 많은 걸 공유하고 함께하며 가족보다 더 가족처럼 그녀를 대했는지 모르겠다. 그러나 시간이 흐르고 각자의 생활 공간이 달라지면서, 우리는 여느 친구들처럼 떨어져 있는 시간이 많아졌다. 내가 알던 H의 모습이 동그라미였다면 언젠가부터 그 동그라미에 곡선이 생기고 꼭짓점이 생기면서 내가 알던 그녀와는 다른 사람이 되어 갔다.

그 당시의 나는 그런 모습이 당연하다는 걸 이해하지 못했다. 내가 생각하는 H의 모습이, 내가 정의 내린 H의 모습이 전부라고 생각했다. 그래서 사소한 것에도 걱정하고 잔소리 아닌 잔소리를 하기 시작했다. 누구보다 가까운 사이니까 내가 어떤 행동을 해도 괜찮을 것이란 믿음이 있었다. 하지만 가족도, 친구도, 애인도 지나친 관심은 화를 불러오는 법이다. 결국 H와 나는 어느 순간 거리가 생기기 시작했고 어색하면서도 미지근한 사이가 되어 버렸다. H는 나에게 자신의 불만이나 마음을 털어놓지 않았고, 관계에 집착하던 나는 날이 갈수록 커지는 서운함을 감당하기 힘들었다. 오래 사귄 연인이 권태기를 겪는다면 이런 모습일까? 깊었던 우정 앞에서 나는 웃기게도 우리의 관계가 시들어 가는 연인 관계라는 생각을 많이 했었다.

엄마는 이런 나의 변화를 크게 걱정했다. 좋아도, 싫어도 때로는 허허실실 웃으며 만날 수 있는 사람들이 있어야 하는데 나는 그런 관계가 너무 없다는 것이었다. 모두와 잘 지내고 주위에 사람도 많았던 사람이 지금은 왜 그렇게 다 끊어 내기만 하냐고 했다. 훗날 내가 너무 외로울까 염려가 된다며 나를 붙잡고 긴 얘기를 이어 가기도 했다. 나 역시 그런 내 모습이 너무 낯설고 혼란스러웠다. 친구를 떠나 내 주위 모든 사람과의 관계에 회의감이 들기 시작했다. “다 부질없다. 항상 나만 연락하고 나만 그들을 찾는 관계는 너무 부질없다.” 이런 말과 생각을 정말 많이 했던 시기였다. 가족도 쉽게 연을 끊고 사는 시대에, 내가 연락하지 않으면 날 찾지 않을 사람들에게 왜 이렇게 목을 매는지 괴롭기까지 했다. 누가 시켜서, 누군가 가르쳐서도 아닌 내가 좋아서 맺게 된 관계들인데 그 관계들이 나를 힘들게 하는 상황이 너무 속상했다.

그런 고민과 괴로움이 반복되는 상황에서 나와 H는 끝내 자연스럽게 멀어지고 말았다. 그렇게 진하고 깊은 우정을 나눈 사이였지만, 정말 거짓말처럼 이 상황에 대한 대화 한번 없이 연락은 끊겨 버렸다. 십 년이 훌쩍 넘는 시간 동안 서로를 정말 누구보다 잘 안다고 생각했는데, 어쩌면 그런 생각이 지금 이 상황을 만든 건 아닌가 하는 생각이 들었다. 우리는 정말 모르는 사이가 된 것처럼 연락하지 않았고 이 년이 훌쩍 넘은 지금까지 서로가 어떻게 살고 있는지 전혀 알지 못한다. 그렇게 H와의 헤어짐을 시작으로 나는 인간관계에 대한 집착을 정리하게 됐다. 인간관계에서 오는 회의감이 절정에 다다른 것이었는데, 절정의 끝에는 '그들 역시 나와 같았을지 모른다.' 는 어떤 깨달음이 남았다. H도, 내가 끊어 낸 많은 사람도 변해 가는 내 모습이 낯설고 이해하기 힘들진 않았을까 하는 마음 말이다.

그 후로는 사람과의 적정거리를 유지하기 위한 노력을 시작했다. 그리고 이 사람이 생각하고 바라보는 세계와 나의 세계는 분명 다르다는 것을 되새기는 습관이 생겼다. 내가 상대방에게 은연중에 기대했던 모습과 다른 모습을 봐도 매우 놀라거나 실망하지 않는다. 더 나아가 내 생각을 강요하거나 상대방의 의견을 설득하려 하지 않는다. 서른이라는 나이가 되어 갈수록 사람들은 자신만의 신념과 가치관이 굳건해지고, 그것들이 흔들리는 걸 매우 두려워한다는 사실을 나 스스로 깨달았기 때문이다. 이제는 단순히 유희를 즐기며 정을 쌓았던 과거에 비해 상호 간의 존중을 기반으로 한 인정이 넘치는 관계를 원한다.

좋은 쪽이든 나쁜 쪽이든 스물넷의 내 모습과 서른의 내 모습은 대단히 다를 줄 알았다. 하지만 정말 나의 모습과 인생은 크게 달라진 게 없다. 자신 있게 달라졌다고 말할 수 있는 것은 하나뿐이다. 혼자 먹는 밥이 그 무엇보다 쉽고 편해졌다는 것. 어느 식당이든 망설임 없이 혼자 들어가서 누구보다 만족스러운 식사를 하고 나오는 사람이 되었다는 것, 딱 그것뿐이다. 그래서 이제는 나의 마흔 살에 대해 큰 환상을 갖지 않는다. 마흔의 나는 아마도 지금, 이 순간을 또는 이 글을 떠올리며 '역시 스물여덟과 마흔은 별반 다를 게 없어. 숫자만 늘었을 뿐.' 하며 미소를 지을 것이다. 그래서 더 안심된다. 혼자 먹는 밥을 상상도 못했던 스물넷의 내가 이렇게 성장한 것처럼, 서른 그리고 마흔의 나는 작지만 대단한 일을 이루어 냈을 테니까. 그거면 됐다.

나의 까만 웅덩이

모든 것이 어려웠다. 무엇 하나 쉬운 것이 없었고 짜증만 늘어 가는 시간이었다. 생각대로 살지 않으면 사는 대로 생각하게 된다는 말이 있다. 그 말을 알게 된 후 나는 아무렇게나 살지 말자고 더욱 긍정적으로 생각하고 진취적인 삶을 살자고 생각했었다. 내 생각이고 마음이니까, 내가 노력하면 될 것으로 생각했다. 하지만 마음의 병이 찾아온 이후론 그것이 가장 힘들었다. 노력을 하는 일. 몸을 움직이는 것도 생각하는 것도 너무 힘들었다. 그래서 아무것도 하지 않은 채 누워 있는 시간이 길어졌다.

퇴사한 후에 내가 가장 많이 한 일은 운전이었다. 집 밖을 나서지 않는 나를 데리고 부모님은 주말마다 근교로 함께 떠났다. 운전은 해야 는다는 부모님의 생각 덕분에 나는 꾸준히 핸들을 잡을 수 있었고, 장거리 운전에 대한 부담도 점차 줄어들었다. 운전이 점차 재미있어지고 운전을 하는 시간이 즐거워졌다. 안 좋아진 체력 때문에 장시간 운전을 한 뒤면 꼭 몸살을 앓았지만, 운전할 때 느끼는 자유로움은 그 몸살을 이기게 했다.

그 시절 나는 무척이나 외로웠는데 그 이유는 나의 이야기를 들어줄 사람이 없다는 것이었다. 오랜 친구들과 멀어지고 내 곁에 남은 사람은 아무도 없다고 느껴지던 때. 오롯이 혼자 모든 걸 이겨 내고 자신을 다독여야만 했던 때. 그런 상황들 속에서 나는 모든 이유를 내

탓으로 돌리곤 했다. 내가 부족해서, 내 주변 사람들을 잘 살피지 못해서, 지금의 내가 이렇게 혼자 남은 거라며 자책을 했었다. 그럴수록 나의 세계는 좁아졌고 나는 더욱더 외로워졌다. 억지로 누군가를 만나고 오거나 애써 활동적인 일을 한 날이면 집으로 돌아오는 길이 그렇게 우울할 수 없었다.

그때의 나를 잡아 준 것이 바로 운전이었다. 지금에서야 생각해 보면 그때의 나는 아무런 생각도 하지 않고, 아무것도 하지 않아도 되는 '타당한' 이유가 필요했던 것 같다. 그래서 오롯이 운전에만 집중해야 하는 차 안이라는 공간을 좋아하고, 오랜 시간 운전을 할 때도 부담이 아닌 자유를 느꼈던 게 아닐까 싶다. 아마 내가 운전면허가 없고 그래서 운전을 할 줄 몰랐다면 그때의 나는, 더욱더 외롭고 어쩔 줄 모르는 시간을 보냈을지 모른다.

운전을 배운 후로 내가 가장 많이 간 곳을 꼽자면, 강원도 춘천을 꼽을 수 있겠다. 집에서 춘천까지 가는 자동차 전용 도로가 있는 터라 막히지 않고 수월하게 갈 수 있다는 점과, 가는 내내 풍경이 아름답다는 것이 가장 큰 매력 포인트였다. 또한 춘천에서 해가 질 무렵 집으로 오는 길이 참 좋은데 그 이유는 온 도로가 컴컴하기 때문이다. 밤이면 차가 잘 다니지 않는 곳이어서 그런지 가로등이 드문드문 있는 도로는, 때로는 무섭고 괜히 침을 꿀꺽 삼키게 만들기도 했다. 그런데도 나는 그 길을 무척 좋아했다.

도로 위에 오가는 차가 없이 나 혼자 그 도로 위를 달릴 때면 내가 마치 까만 웅덩이 속으로 들어가는 기분이 들었다. '웅덩이 끝엔 뭐가 있을까?' 어둠 속을 달리며 내가 가장 많이 했던 생각이었다. 우주로 연결되는 통로가 있을 것도 같고, 가도 가도 끝이 없는 어둠이 있을 것도 같고, 번쩍하며 만화처럼 내 차가 사라질지도 모른다는 생각이 들기도 했다. 어쩌면 그런 영화와 같은 일이 내게 펼쳐지기를, 내심 바랐을지도 모른다.

그렇게 몇 달을 지내며 나는 점차 나를 찾아갔다. 누구에게든 의지해야 하고, 마음을 털어놓아야만 했던 내가 자신을 다독이게 됐다. 나를 가장 잘 알고 제일 잘 위로할 수 있는 건 나뿐이라는 사실도 어느 순간 깨닫게 되었다. 그랬기에 이제는 혼자 있어도 외롭거나 힘들지 않고 예민하게 반응하기보다는 '그러려니' 하며 넘길 줄 아는 나름의 여유가 생겼다. 그래서일까. 이제는 혼자 다니는 드라이브보다 누군가를 태우고 함께 다니는 시간이 더욱 좋아졌다. 혼자만 느꼈던 그 여유로움과 혼자서 보고 감탄했던 풍경을 이제는 누군가와 함께 나누고 싶은 마음이 생겼다.

끝을 알 수 없는 까만 웅덩이 같던 도로. 그 도로 위를 달리는 게 참 좋았던 건, 어쩌면 그 웅덩이 끝엔 블랙홀이 아닌 내 집이 있을 거라는 '확신' 때문이 아니었을까? 마음의 병이 찾아와 오랜 시간을 힘들어했지만 결국 딛고 이겨 낼 수 있었던 것도 마음 깊숙이 숨어 있던 '나 자신'을 향한 믿음이 있었기 때문일지 모른다. 어둠은 계속되지 않는다는 것. 까만 웅덩이에도 빛은 스며든다는 것을, 나는 긴 시간을 보내고 나서야 깨달을 수 있었다.

| 수필 |

유명자

전북 부안 출생으로 방송대 국문과 졸업, 미디어 영상학과 3학년 재학 중이다. 2012년 『문예사조』에 수필로, 2015년 『문학시대』에 시로 등단하여, 2016년 시집 『기적같은 세상에』를 출간하였다. 현재 '한마루' 동인으로 활동 중이다.

작가의 말

밤 기온이 쌀쌀하다. 엊그제만도 혈관의 피가 끓는 것처럼 더웠었는데, 아무리 첨단 기기로 더위를 식힌다 해도 시간의 변화는 따라갈 수 없다. 그저 자연스럽게 흘러가며 변해 가는 시간 속에 같은 공간을 차지하고 있는 동인들이 있어서 어쩐지 행복한 기분이다.

혼자 먹는 밥

혼자 먹는 밥은 맛이 없다. 진수성찬을 차려 놓아도 맛이 없다. 가족이 열 명이나 되었던 어린 시절에도 이상하게 밥을 혼자 먹게 되는 경우가 있었는데 지금 생각하면 왜 혼자 먹게 되었는지 그 이유는 전혀 기억이 나지 않지만, 혼자 먹었던 그 밥이 참 맛이 없었다는 것만은 기억에 남아 있다.

내가 먹었던 돼지고기 중 가장 맛있었던 돼지고기는 초등 5학년 때인가 아버지가 처음 사 오셨던 로스구이용 돼지고기였는데, 냉동 돼지고기를 얇게 썬 것으로 지금 보면 대패삼겹이라고 일컬어지는 돼지고기가 가장 비슷하다. 석유곤로에 프라이팬을 올려 놓고 열 식구가

둘러앉아 눈을 빛내며 먹었던 그 고기는 정말 맛있었다. 사실 불에 구워 먹는 고기는 그게 처음이기도 했다. 그전에는 찜을 해서 먹거나, 제사에 쓰는 산적으로 만들거나. 아니면 김칫국이나 미역국에 조금씩 넣어 먹는 고기가 전부였었다. 프라이팬에 구워 먹는 고기라니 얼마나 참신하고 맛있던지. 가끔 그때의 그 맛을 느끼고 싶어서 대패삼겹을 사다 먹어 보지만, 어떻게 먹어도 내 기억 속에 남아 있는 그 돼지고기 맛은 아니며, 아마도 어떤 양질의 돼지고기도 그때 온 가족이 모여 먹던 그 맛 이상의 고기는 없을 것이다.

일찍 사회에 나와서 내가 나를 책임지고 살던 젊은 시절, 혼자 먹는 밥은 당연했고 그때는 맛을 별로 따져 본 적이 없었다. 그때의 밥이란 맛으로 먹는 게 아니라 필사적인 생존의 문제였으니 맛이 무슨 상관이었을까. 50원짜리 튀김 하나로 점심을 때우고 라면 끓일 시간도 없어 사발면으로 점심을 때우기를 1년 이상 하고 나서, 그 후로 한 4, 5년 정도는 라면이나 여타의 밀가루 음식을 먹지 못했다. 너무 물려서 냄새도 맡기 싫어졌던 것이다.

혼자 먹는 밥이 맛없지도 슬프지도 않았던 그때, 나는 단 한 번 펑펑 울면서 밥을 먹었었다. 함께 살던 이들이 나만 남겨 두고 모두 이사를 가 버린 옥탑방. 나는 그 집에 얹혀살던 사람이라 내 물건 외엔 가재도구가 전혀 없었고 그 집 사람들은 이사 가면서 말했었다. 우리가 가고 나면 너는 아무것도 없으니 준비하라고, 하지만 무엇을 준비해야 하는지도 모르고 경험도 없었던 나는 그저 "네 네." 대답만 하다 혼자가 되었고 아무것도 없는 것이 무엇인지 뼈저리게 실감하게 되었다. 남은 거라곤 식은 밥 몇 덩이와 김치 한중발, 고추장 반 통,

주인과 함께 가지 못한, 나를 별반 따르지 않던 강아지 한 마리, 그들이 떠나는 순간까지도 실감을 못했던 나는 그들에게 손을 흔들고 돌아서 옥탑방으로 올라오고 나서야 혼자라는 게 뭔지 아무것도 남지 않은 상황이 어떤 것인지 알게 되었다. 나를 따르지 않던 그 강아지가 내 곁으로 와 내 발목에 제 몸을 비빌 때야 비로소 이 옥상에 혼자뿐이구나 하는 것을 알게 되었고 내 생각 이상으로 그것은 허전하고 서늘한 감각이었다. 그런 기분을 떨쳐 버리려 씩씩하게 남은 밥에 남은 김치와 고추장을 넣어 쓱싹쓱싹 비벼 먹으려는데 왜 눈물이 났을까. 눈물을 닦아 가며 밥을 먹다 결국은 대성통곡을 하며 숟가락을 놓았고 지금도 그때를 생각하면 그 까슬했던 밥 알맹이가 목에 걸리는 기분이 되곤 한다.

그날 밤 울먹이는 딸 목소리에 한걸음에 달려오신 엄마랑 비벼 먹었던 그 밥은 맛있었다. 같은 밥인데도 서럽지도 않았고 먹먹하지도 않았고, 눈물도 나지 않는 아주 맛있고 편안한 밥이었다.

결혼하고 나서는 혼자 밥 먹을 기회가 거의 없었다. 항상 옆구리에 딱 달라붙어 있던 두 아들 녀석과 내 밥이 젤 맛있다는 남편과 시댁 조카들까지 모여 살던 시절엔 차라리 제발 혼자 밥을 먹고 싶었었다. 식구들이 많아지니 내가 만들어 내야 하는 요리의 양도 너무 많아졌고, 밥때가 되면 혼자서만 정신없이 바빠서, 밥맛이 좋은지 나쁜지 알 수도 없고 그냥 후딱 먹는 게 미덕이고 무조건 나가 먹는 밥이 맛있고 남이 해 주는 밥이 맛있었다.

세월은 또 흘러서 아이들이 학교에 다니고 시댁 조카들도 결혼하여 제 갈 길을 찾아가니, 이젠 점심만큼은 다시 혼자 먹게 되었다.

혼자 먹는 밥은 역시 맛은 없다. 혼자 먹으면서 온갖 반찬을 꺼내 놓고 먹기도 귀찮고 해서 대충대충 챙겨 먹은 밥이 맛이 있을 리가 만무하다. 하지만 편하다. 맛이 없어도 괜찮을 만큼 편하다.

저녁만큼은 온 가족이 모여서 함께 식사를 할 수 있는 지금이 혼자 먹는 밥에 가장 관대한 때가 아닐까 싶은 생각이 문득 들었다.

아이들이 내 곁을 떠나고 저녁도 남편과 둘만 먹게 되는 때가 되면 혼자 먹는 밥이 매우 맛없어지지 않을까. 그때를 대비해 요리 학원에 다닐까. 아니면 군식구를 만들어야 할까. 어쩔 수 없이 혼자 먹게 될 그 밥은 분명 맛이 없을 텐데.

계급장

군대도 아니고 민간사회에 무슨 계급이란 말인가 싶지만 사실 우리는 여러 가지 기준들에 의한 계급장을 달고 산다. 가장 쉬운 계급의 기준은 자본주의 사회답게 돈일 것이다. 내게 써 주는 돈도 아니면서 돈이 많다는 것만으로 으스대는 사람들이 주변에 가끔 있다. 그런 사람들이야 본인은 만족하며 으스댈지 모르나 그다지 사람들에게 말이 먹히지는 않는다. 나이를 먹으면 입은 닫고 지갑은 열라고 했다. 확실히 내게 지갑을 열어 주는 사람 말은 조금 더 경청하게 된다. 당연하지 않은가. 돈이 계급이 되는 자본주의 사회에서 그 귀한 돈을 나를 위하여 써 주는 사람인데 고맙지 않을 리가 없다. 돈에 여유가 있는 사람들이 조금 더 써 주면 여러 사람이 모이는 동인 모임도 훨씬 부드럽게 돌아간다. 현실 사회에서의 계급으로는 아주 좋은 계급장을 달고 있는 느낌이다. 돈보다 직접적으로 와 닿는 계급이라면 역시 권력이겠지만 그렇게 힘을 느낄 수 있을 만한 권력자가 주변에 별로 없는 관계로 권력의 계급은 크게 실감이 잘 나지 않는다. 그다음으로 명예라고도 할 수 있는 이름값이겠는데 여기엔 좋은 학벌과 좋은 직장이 기준이 될 것이다.

강남권에는 돈과 이름값을 지닌 사람들이 지천이다. 한마디로 다들 우리보다 더 가졌고 더 잘났다. 반박의 여지 없이 계급으로 환산하자면 우리보다 한참 상위 계급이고 우리는 최하 말단 계급인 것이다.

그렇지만 탁구장에 가면 이야기는 살짝 달라진다. 탁구장의 계급은 오로지 탁구 실력만으로 판가름 난다. 탁구를 모르는 사람들에게는 '그게 뭐' 싶겠지만 탁구를 좀 쳐 볼까 하는 마음으로 라켓 하나 장만해 들고 탁구장에 온 사람들은 실감하게 된다. 그 위대한 계급사회의 위계를.

남편은 탁구를 시작한 지 이제 13년 차다. 뭐든 10년 이상을 투자하여 하다 보면 어느 정도의 경지에 오르게 된다는 일만 시간의 법칙대로 남편은 작년 강남대회에 6부로 출전하여 개인 우승을 하면서 올해부터는 5부로 승급되었다. 사실 국가대표에 선수 출신들 하며 앞에 잘하는 탁구장의 계급들이 줄줄이 있고 큰 대회에 나가면 5부 정도 득시글하여 이제 겨우 5부로 올라선 남편은 명함도 못 내밀 정도지만 그곳을 벗어난 동네 탁구장에서 오픈대회 5부 정도면 제법 먹어준다.

회원이 70여 명 정도 되는 탁구장에서 5부 정도면 다섯 손가락 안에 들고, 우리가 주로 탁구장에 가는 밤 시간대에 한정하자면 거의 두세 손가락 안에 들어가는 고수 반열이다.

탁구장에서 그 정도 고수가 되면 무슨 일이 생기는가 하면 아주 많이 살만한 일이 생긴다. 일단 탁구장에 가면 탁구 실력 좋은 고수가 대장이고 어른이며 누군가를 선택할 권리가 부여된다. 하수는 "탁구 한 게임 해 주시겠습니까?" 라고 부탁을 하지만 고수는 하수를 지명하고 선택한다. 고수에게 지명받은 하수는 두말없이 일어난다. 금방 세기의 게임을 치르고 모든 힘이 방전되어 앉아 있다가도 고수가 "한 게임 할까요." 라고 지명하면 "네." 하고 일어서는 것이다.

내가 남편 따라 탁구장에 간 지 얼마 되지 않은 때의 일이다. 저녁을 먹고 탁구장에 가는 우리는 8시는 되어야 탁구장에 도착하는데, 가까운 데서 장사를 하시던 사장님은 일찍 와서 치고는 이제 다시 가게에 가 봐야 하는 시간이 되었다. 우리는 사물함에서 라켓을 꺼내는 순간이었고 그 사장님은 막 신발을 갈아 신고 라켓을 사물함에 넣으며 많이 쳤더니 어깨가 좀 아프니 어쩌니 하는 순간이었는데 남편이 인사치레처럼 한마디 했다. "벌써 가시게요. 한 게임 하셔야죠." 그 순간 그분이 "저요?" 하시더니 두말없이 넣던 라켓을 챙겨 들고 신발을 갈아 신는 것이었다. 금방 어깨가 아프니 엘보가 어때서 주사를 맞느니 마느니 했던 분이 얼마나 신나는 표정이던지. 마치 5월의 여왕이 된 킹카 여대생에게 간택당한 새내기 신입생 같은 표정이었다. 사실 그 사장님의 실력은 남편이 6점 정도를 접어 주고 쳐도 상대가 되지 않는 실력이었으니 게임을 해도 그다지 재미가 없을 것 같은데, 그렇다 해도 하수는 고수랑 쳐 보고 싶어 한다.

나도 마찬가지였다. 작년 겨울까지 나는 우리 탁구장에서 가장 최하층의 하수였던 고로 나는 누구하고라도 치고 싶었는데 사실 고수들은 그다지 하수랑 치고 싶어 하지 않는다. 11점 먼저 따면 이기는 게임에 몇 점 접어 주고 치면 고수라도 아주 차이가 나지 않는 고수는 하수를 이긴다는 게 쉽지는 않다. 거기다 고수는 이겨야 본전이고 하수는 져도 본전이니 가지는 부담감이 매우 달라서 하수는 있는 힘껏 몰아치지만, 고수는 함부로 공격하기가 어렵다. 공격이 많으면 그만큼 실수가 많은 까닭이고 적게는 2, 3점에서 많게는 5, 6점까지 접어 주고 쳐야 하는 고수 입장에서 실수 한 개는 엄청난 부담이 되는 것이다. 거기다 이겨도 하수 이겼다고 그다지 큰 영광이 되지는 않는데 하수는 고수를 이기면 몇 날 며칠 아주 오랫동안 동네방네 떠들고 다닌다. 그러니 고수가 하수랑 그다지 치고 싶어 하지 않는 것은 어쩌면 당연한 일이다. 그런 것을 알기에 하수였던 나는 고수들한테 쉽게 쳐 달라는 소리도 못했는데 그나마 남편이라는 고수는 또 다른 사람들이 줄 서서 쳐 주기를 기다리고 있으니 마누라란 이름만으로 차지하고 있기가 쉽지 않았다.

그래도 오래 다니다 보니 어쨌든 고수 틈에 껴서 치게 되고 그러다 보니 실력도 조금 늘었다 싶었는데 그래도 작년 겨울까지는 젤 말단 하수였었다.

그러던 차에 작년 겨울 무렵, 몇 달 사이에 우리 탁구장에 나보다 하수인 사람들이 여남은 명 정도가 들어왔다. 그리고 7, 8개월이 지나고 보니 나의 위상이라는 것이 제법 높아졌다. 한마디로 계급 상승이 이뤄진 것이다. 나는 아직 탁구계 전체로 보면 하수가 분명하지만, 우리 탁구장에 그것도 밤 반에서는 제법 고수 소리를 듣게 된 것이다. 만년 하수 인생에 새로운 세상이 열린 기분이었다. 내가 고수라니 '와아 나 용 됐다.' 싶었는데 생각해 보니 탁구 시작한 지도 벌써 3년 8개월이 지났다. 용까지는 아니어도 그래도 어느 정도는 뭐가 되어도 될 시기가 되기도 한 것이다.

명실상부한 고수님이신 남편은 술 한잔하면 늘 말한다. 자기 인생에 탁구를 배운 것이 가장 잘한 일이고 조금 더 일찍 배우지 못한 것이 가장 아쉬운 일이라고. 그러면서 처음에는 마지못해 데리고 다니던 마누라가 그래도 남들 이상으로 치게 되니 아주 좋아한다.

나는 나대로 영 재주가 없을 것 같았던 운동 분야에서 남들에게 크게 뒤지지 않는 감각을 가진 것이 너무 좋고 나름 높아진 계급이 너무 좋다.

서민이라는 것이 보통 사람을 말하는 것이라면, 주위에 나보다 잘난 사람들이 좀 많은가. TV에서나 미디어에서는 또 얼마나 별세계 인간들의 이야기만 넘쳐나고 있는지, 그러고 싶지 않은데 저절로 위축되는 기분이 나이 들수록 강해지는 것이 사실이다.

그럴 때 우리는 이제 세상의 기준이 아닌 다른 기준의 계급장을 하나씩 준비해 보는 것은 어떨까. 다른 조건 다 필요 없이 하나의 기준만으로 순위가 매겨지는 계급에 열심히 하면 어느 정도는 올라갈 수 있는 시간의 계급사회, 확실히 삶에 활력이 된다.

여러분 더 늦기 전에 탁구 하세요.

동화 ★

박선화

서울 출생으로 동국대학교 국어국문학과를 졸업하였다. 2007년 『문학시대』에 아동문학을 발표하며 작품 활동을 시작하였다. 현재 '한마루' 동인으로 활동 중이다.

작가의 말

처음 글을 쓰기 시작했을 때는 교복을 입고 있었는데, 어느덧 서른이 되었습니다. 많은 사람이 십 대와 이십 대를 찬란한 청춘이라 하지만, 저는 지금이 가장 찬란하고 눈이 시리도록 푸릅니다. 하얀 원고지를 볼 때면 언제나 교복을 입고 있던 그 시절의 마음으로 돌아갑니다. 아직은 초심이 변할 만큼 글을 쓰지 않은 것 같습니다. 언젠가는 이 마음이 향기롭게 숙성되어 원고지에 묻어나기를 바라며, 오늘도 하얀 원고지를 바라봅니다.

나 혼자 먹는 밥

내일은 하루 종일 집에 나 혼자입니다. 내일 엄마랑 아빠는 저 멀리 사는 친구를 만나러 간다고 했습니다. 엄마와 아빠의 친구가 누군지 나는 모릅니다. 아빠의 친구라는 분은 자동차를 타고 다섯 시간이나 가야지 되는 곳에 산다고 엄마가 말했습니다. 그리고 오고 가는 데만 열 시간이 넘는 곳에 저를 데려가기는 힘들다는 말도요. 그래서 내일은 하루 종일 나 혼자 집에 있어야지 된다고 들었습니다. 엄마는 이모 댁에 가라고 하지만, 난 혼자 지내고 싶었습니다.

"연우야, 내일 정말 혼자서 괜찮겠니? 이모 댁에 가 있는 편이 좋지 않겠어?"

"싫어요! 집에 있을래요. 이모 댁에 가려면 오늘 저녁에 가야지 된다면서요. 토요일인데 그냥 집에서 보낼래요."

엄마는 걱정스러운 표정을 지었습니다. 나도 이제 초등학교 5학년이니, 혼자서 집 보는 것 정도는 할 수 있습니다. 하지만 엄마는 몇 번이나 이모 댁에 가는 편이 좋지 않겠냐고 물어봅니다.

"나도 혼자서 얼마든지 집 지킬 수 있어요."

"하지만 너 혼자서 있으면 밥은 어떡할래?"

"저도 달걀 프라이나 라면은 끓일 줄 알아요."

"안 돼. 어른도 없는데 가스불을 켰다가 무슨 일이라도 생기면 어떡하려고 그래? 이모 댁에 가면 이모가 연우한테 맛있는 것도 해 줄 텐데. 이모 집에 가는 게 어떨까? 엄마 생각에는 그게 더 좋을 거 같은데."

또 엄마의 나쁜 버릇이 나왔습니다. 내가 아무리 싫다고 해도, 엄마는 언제나 엄마가 하자고 한 대로 하고 싶어 합니다. 며칠 전에 학원에 가기 전에 엄마랑 카페에 갔을 때랑 마찬가지입니다.

"연우야 뭐 마실래? 엄마가 연우 먹고 싶다는 거 사 줄게. 우유 마실까?"

"콜라 마시고 싶어요!"

"콜라? 엄마 생각에 콜라는 우리 연우 몸에 아주 안 좋을 것 같은데. 탄산음료인 데다 설탕도 많잖아. 충치가 생길지도 모르고."

"그럼 레모네이드요."

"엄마 생각에는 레모네이드도 설탕도 많이 들어 있고, 탄산이라 콜라랑 차이가 없을 것 같은데. 나중에 충치 생기면 어쩌려고. 엄마는 우유가 좋을 것 같은데 연우 생각에는 어때?"

"우유는 집에서도 마실 수 있잖아요. 그러면 아이스초코 마시고 싶어요."

"아이스초코? 그것도 너무 달지 않니? 엄마는 단 게 싫더라. 연우는 꼭 아이스초코가 마시고 싶니? 그렇게 달기만 한 것보다는 우유가 더 고소하고 몸에도 좋잖아. 우유를 마시면 키도 크고."

결국 그날 나는 내가 마시고 싶었던 콜라도, 레모네이드도, 아이스초코도 못 마셨습니다. 엄마는 엄마가 마시고 싶은 이름이 어려운 커피를 마시면서, 나는 집에서도 마실 수 있는 우유를 마셨습니다. 만날 엄마는 엄마가 나한테 져 준다고 하지만, 사실 엄마한테 매일 져 주는 건 납니다. 엄마는 만날 엄마가 하고 싶은 대로 하니까요. 엄마가 하는 말만 듣자니 너무 답답했습니다. 나도 가끔은 내 맘대로 하고 싶은 날이 있습니다.

"싫어요. 난 집에 있을 거야."

"아휴, 누구를 닮아서 이렇게 고집이 셀까. 알겠어. 혼자서 집 잘 봐야지 된다?"

"네!"

결국 이번에는 엄마가 나한테 졌습니다. 엄마는 내일 하면 안 되는 일을 하나하나 공책에 적어 주셨습니다.

"첫 번째, 가스레인지를 만지지 않는다. 두 번째, 칼은 위험하니 만지지 않는다. 세 번째, 반찬은 그릇에 덜어서 먹는다."

엄마는 소리를 내 규칙을 읽었습니다. 저거 외에도 텔레비전은 적당히 볼 것, 숙제는 꼬박꼬박할 것 등등 이것저것 해야지 되는 것들이 많았습니다. 겨우 하루 혼자서 집을 보는 건데 엄마는 걱정이 태산입니다.

"연우야, 엄마랑 약속 잘 지킬 수 있지?"

"그럼요. 이 정도 약속이야 지킬 수 있죠."

"그럼 엄마는 연우 믿을게. 꼭 지켜야 한다?"

다음 날 엄마는 아빠와 함께 아침 일찍 집을 나섰습니다. 아침 해가 뜨기도 전이라 집 안이 어두컴컴했었습니다. 나는 너무 졸렸지만, 현관까지 엄마와 아빠를 마중하려고 했습니다. 하지만 엄마랑 아빠가 괜찮다고 하니, 잠자리에서 인사를 했습니다.

"연우야, 엄마랑 아빠가 빨리 올 테니까 조심히 집 지키고 있어. 알았지? 약속 꼭 지키고. 응?"

"알았어요. 엄마랑 아빠도 조심히 다녀오세요. 후아암."

엄마와 아빠한테 인사를 하고 나서 나는 다시 잠들었습니다. 오늘은 늦잠을 자도 되는 날이니까요.

나는 자고 또 자다 이제 더는 못 잘 때까지 잤습니다. 더는 잠도 안 와서 못 잘 때까지 잤더니 벌써 아침 열 시였습니다.

"아이고, 배고프다. 잠만 잤을 뿐인데 엄청 배고파졌어."

오늘 엄마와 아빠가 일찍 나가야지 된다고 저녁밥도 일찍 먹었습니다.

"우와…… 어제 저녁밥을 먹고 나서 열두 시간도 넘게 지났잖아? 이러니 배가 고플 만도 하지."

왜인지는 모르겠지만, 한 번 배가 고프다고 느끼면 엄청나게 배가 고파집니다. 뱃속에서 꼬르륵 소리가 났습니다. 한 번 소리가 나기 시작하더니 꼬르륵 소리가 멈추지를 않았습니다. 냉장고를 열어 보니 엄마가 만들어 두고 나간 반찬과 밥이 있었습니다.

"으음~ 오늘은 색다른 게 먹고 싶은데. 냉장고에는 언제나 먹던 것들뿐이네."

하루 종일 나 혼자 집에 있다고 엄마는 내가 좋아하는 반찬들을 해 두신 것 같습니다. 소시지볶음과 달걀말이, 참기름과 참깨가 듬뿍 들어가 쓰지 않은 나물에 시원한 된장국, 거기에 먹기 편하게 잘라 둔 과일까지 반찬통에 예쁘게 담겨 있었습니다. 전부 다 내가 좋아하는 것들이지만, 특별한 날에는 특별한 음식이 먹고 싶었습니다.

"나도 카페에서 파는 근사한 브런치가 먹고 싶어!"

갑자기 먹고 싶은 것이 생각났습니다. 학교에 가는 길에 있는 카페에서 파는 것 같은 브런치가 먹고 싶었습니다. 계란을 입힌 식빵과 소시지에 베이컨, 노른자는 반만 익은 달걀 프라이에 먹기 좋게 잘라 둔 과일과 샐러드 그리고 커피. 하지만 거기에 있는 음식들은 대부분 다 가스레인지를 써야 만들 수 있습니다.

"어떡하지. 가스레인지가 없으면 만들 수 없는데."

엄마랑 가스레인지를 쓰지 않기로 약속했기 때문에 가스레인지는 쓸 수가 없습니다. 문득 엄마가 전에 전자레인지로 달걀 프라이를 만들어 주셨던 것이 생각났습니다.

"그래! 가스레인지를 못 쓰면 전자레인지를 쓰면 되지! 앗, 근데 베이컨이나 소시지는 없는데. 샐러드용 채소도 없고."

할 수 없이 작전을 변경하기로 했습니다. 우선은 이전에 엄마가 해 줬던 것처럼 달걀 프라이를 만들었습니다. 냉장고에서 달걀을 꺼내 들자 벌써 어려운 일이 생겼습니다. 나는 지금까지 한 번도 혼자서 달걀을 깨 본 적이 없습니다. 달걀을 깨 본 적이 없으니 달걀 프라이에 껍질이 들어갈지도 모릅니다. 나도 모르게 긴장하자 손에 힘이 들어갔습니다.

"에이, 뭐 어때. 조금은 실수해도 돼. 처음 해 보는 일인걸."

달걀 껍데기가 들어가면 건져 내면 됩니다. 껍질이야 얼마든지 건져 내면 됩니다. 누구나 처음 해 보는 일을 한 번에 잘할 수는 없으니까요.

"조심조심…… 껍질이 안 들어가게…… 앗! 손에 묻었다!"

처음 깨 본 달걀은 생각보다 아주 잘 됐습니다. 손에 달걀흰자가 묻기는 했지만, 껍질은 하나도 안 들어갔습니다. 그릇에 쏙 들어간 달걀을 보니 왠지 뿌듯합니다. 여기에 물을 밥숟가락으로 한 숟가락만 떠서 넣었습니다. 그리고 그릇에 뚜껑을 덮어서 전자레인지에 돌리면 됩니다.

"근데 전자레인지 시간은 얼마나 돌려야 하는 거지?"

벌써 두 번째 어려운 일이 생겼습니다. 10초는 너무 짧을 것 같고, 20초는 어중간했습니다. 그렇다고 해서 30초로 하자니 30초에 달걀이 다 익을 것 같지도 않습니다.

"에이, 모르겠다. 난 달걀이 푹 익은 것도 좋으니까 시간은 넉넉하게 돌리자."

전자레인지는 1분에 맞췄습니다. 이제 달걀이 다 익는 동안 음식만 담으면 됩니다. 근사한 브런치를 만들어 먹을 수는 없어도, 브런치처럼 근사하게 접시에 담는 것은 가능합니다. 밥솥에서 밥을 퍼서 거기에 나물을 넣고 비빕니다. 이대로 비빔밥처럼 먹어도 좋겠지만 오늘은 특별한 밥을 먹기로 했으니 조금만 더 힘을 내기로 했습니다. 나물을 넣고 비빈 밥은 먹기 좋은 한입 크기로 나눠 동글동글 예쁘게 빚어 둡니다. 그리고 내 맘에 쏙 드는 예쁜 접시를 꺼내 거기에 음식을 담습니다. 평소에는 밥공기에 담아서 먹는 밥을 뭉쳐서 접시에 담고, 반찬도 보기 좋게 조금씩 접시에 나눠 담았더니 보기도 좋았습니다.

"앗, 달걀 프라이가 있으니 달걀말이랑 색깔이 겹치잖아?"

할 수 없이 달걀말이는 손으로 집어서 입에 넣습니다. 달걀말이 가운데에는 김도 들어가 있어 짭짤하고, 색깔도 노란색과 검은색이라 무척 예쁩니다. 아빠가 달콤한 달걀말이를 좋아해서 우리 집 달걀말이는 달콤할 때가 많습니다. 하지만 지금 내가 먹은 달걀말이는 짭짤

하니 내가 좋아하는 맛입니다.

전자레인지가 다 돌아가 땡! 하고 울렸습니다.

"다 됐다!"

나는 얼른 전자레인지에서 달걀 프라이를 꺼내 접시에 얹었습니다. 중간에 달걀말이를 먹었더니 이젠 뱃속에서 천둥번개라도 치는 것처럼 꼬르륵거렸습니다.

"완성! 혼자서 먹는 내 브런치!"

내 브런치는 햇살이 잘 들어오는 창가에 앉아 먹기로 했습니다. 내가 좋아하는 예쁜 접시에 담긴 맛있는 반찬과 내가 직접 만든 달걀 프라이. 거기에 국도 평소에 쓰는 국그릇이 아니라 예쁜 수프 컵에 담았습니다. 이렇게 예쁘게 준비한 밥은 햇살이 들어오는 곳에서 먹으면 더 맛있게 느껴지니까요.

'마지막으로 식사는 식탁에서 할 것!'

어젯밤 엄마와 한 약속 하나가 생각났습니다. 나는 잠시 고민에 빠졌습니다. 약속은 약속이니 지켜야지 됩니다. 약속은 지키기 위해 하는 거니까요. 하지만 식탁에서 열 발자국도 안 떨어진 곳에서 먹는 건

데요 뭘. 나는 접시를 들고 창가에 가 바닥에 앉았습니다. 접시는 무릎 위에 올리고, 국이 들어 있는 컵은 바닥에 내려 두었습니다. 바닥에 음식을 흘리면 엄마한테 들킬 수도 있습니다. 조심조심 흘리지 않게 밥을 먹으며 나는 오늘 무슨 일을 할지 곰곰이 생각했습니다. 밥을 다 먹으면 우선 몸부터 씻어야지 됩니다. 그러고는 숙제도 해야지 되고, 밥 먹은 그릇을 닦아 두고, 또 저녁도 차려 먹어야지 됩니다.

"어휴, 하루 종일 엄청 바쁘겠다. 집 안에만 있는데 할 일이 너무 많네!"

오늘은 하루 종일 모든 일을 나 혼자 해야지 됩니다. 처음 해 보는 일이 많아서 서툴고 불편한 일이 너무 많습니다. 하지만 그만큼 어른이 된 거로 생각하면 조금 뿌듯하기도 합니다.

"좋았어. 저녁도 이렇게 먹어야지."

저녁도 예쁜 접시 하나에 반찬과 밥을 함께 담아, 내가 먹고 싶은 곳에서 먹기로 했습니다. 엄마가 알면 왜 바닥에서 밥을 먹느냐고 꾸중을 들을지도 모릅니다. 지금까지 엄마와 나 사이에 비밀은 하나도 없었습니다. 이제 혼자서 밥을 먹게 됐으니, 엄마도 모르는 비밀 하나쯤은 만들 때도 됐습니다. 엄마는 모르는 내 첫 번째 비밀은 지금 내가 혼자 먹고 있는 이 밥으로 정했습니다.

유수지

서울 출생으로 연세대학교 행정학과를 졸업하였다. 2009년 『연인』에 동화를 발표하면서 작품 활동을 시작하였다. 동화집 『할머니와 틀니』가 있으며, 현재 '한마루' 동인으로 활동 중이다.

작가의 말

글을 낼 때면 스스로 질문합니다. 올해는 얼마나 '글'과 가까운 삶이었는지. 오늘도 여전히 부끄러워집니다. 그럼에도 앞으로 '글'이 늘 제 동반자로 함께하기만을 바랄 뿐입니다.

반짝이는 별의 꿀을 찾아서

'꿀벌이 먼저냐, 벌꿀이 먼저냐 그것이 문제로다.'

꿀벌 윙윙이의 요즘 고민입니다. 〈닭이 먼저 태어났는지 아니면 알이 먼저 생긴 건지〉에 대한 답이 영원히 풀리지 않는 미스터리인 것처럼 꿀벌 윙윙이는 자신의 이름의 비밀이 항상 궁금했습니다.

먼저 꿀이 있기에 '꿀벌'이 된 건지, 벌이 있기에 '벌꿀'이 된 건지 이제 막 일벌로 성장한 윙윙이는 아무리 생각해도 그 답을 알 수 없습니다.

윙윙이는 열흘 전 꿀벌로 태어났습니다. 21일 동안 알, 애벌레 그리고 번데기를 거쳐 꿀벌이 되었습니다. 꿀벌은 여왕벌, 일벌, 수벌(수컷 벌) 세 종류가 있습니다. 이 중 윙윙이는 일벌로 태어났습니다. 열흘 동안 윙윙이가 맡은 일은 벌집 청소와 애벌레 돌보는 일이었습니다. 이제 일주일만 더 지나면 언니 일벌들을 따라 꽃에서 꿀을 모아야 하는 막중한 임무도 맡게 됩니다.

자신이 꿀을 벌집으로 가져오는 입장이 되니 문득 궁금해졌습니다.

꿀이 있기에 꿀벌이 생긴 건지 벌이 먼저 있기에 벌꿀이 생긴 건지…….

'질 좋은 꿀을 채취해 올 수 있을까.' 하는 걱정 반, 벌집을 나간다는 설렘 반을 간직한 채 꿀벌 윙윙이는 오늘도 잠에 스르륵 빠집니다.

일주일 후, 언니 일벌의 목소리에 윙윙이는 잠에서 깼습니다.

"이제 드디어 너도 꿀을 따러 가는 날이야."

언니의 말이 끝나자마자 벌집 문이 열렸습니다.

문이 열리자 환한 세상이 쏟아져 들어왔습니다. 윙윙이는 날개에 힘을 주고 힘차게 날갯짓을 하며 벌집 밖을 나왔습니다.

'와, 이게 언니들이 말하던 환상적인 세상인가.'

윙윙이의 눈앞에는 처음 보는 세상이 펼쳐졌습니다.

똑바로 보면 눈을 톡 쏘는 느낌이 드는 강렬한 태양과 몸 전체를 지나가는 산들바람까지. 벌집에 있을 때는 느껴 보지 못한 것들이 가득하였습니다.

두 눈을 감고 마주한 자연을 느끼고 즐기는 사이, 꿀 따러 가기로 한 일벌 무리가 전부 벌집 밖으로 나왔습니다. 마침 정찰 갔다 온 정찰병 일벌도 무리로 돌아왔습니다.

정찰병은 무리 앞에서 춤을 추며 꿀이 있는 꽃의 위치를 알려 줍니다. 모든 꽃에 꿀이 있는 건 아니기 때문입니다.

꿀벌들은 춤을 추며 의사소통을 합니다. 목적지가 가깝다면 엉덩이로 원을 그리며 추고, 멀리 떨어져 있다면 8자 춤을 추며 위치를 알려 줍니다. 정찰병이 8자로 춤을 천천히 추는 것으로 봐서 꿀이 들은 꽃은 벌집에서 멀리 있는 것 같습니다.

정찰병이 말한 곳에는 정말 아카시아가 군락을 이루며 피어 있었습니다. 아카시아 꿀은 그 맛이 좋아 벌들에게도 사람들에게도 인기가 좋습니다.

처음 맛보는 꿀에 윙윙이는 정신을 차릴 수가 없습니다.

윙윙이는 뱃속에 차곡차곡 꿀을 채웠습니다. 벌집에 돌아가 침과 섞인 꿀을 꿀 모으는 방에 넣어 줘야 하기 때문입니다.

배가 가득 차면 벌집까지 왔던 길을 되돌아갑니다. 그 거리만 해도 3km 정도 됩니다. 아파트로 치자면 1층부터 10층 높이 정도 되는 거리를 날아다니는 셈입니다. 그 거리를 하루에 10번씩 왔다 갔다 날아다닙니다. 조그마한 몸이지만 일벌들은 정말 강철 체력의 소유자라고 할 수 있습니다.

6번쯤 집과 아카시아 군락 사이를 왔다 갔다 했을 쯤입니다. 이제는 여유가 생겨 집까지 날아가면서 주변을 돌아볼 여유도 생겼습니다. 집 가는 길 윙윙이는 한 나무 밑에 모여 있는 다른 벌 무리를 봤습니다.

"안녕. 너희들도 꿀벌이니?"

윙윙이의 인사에 다른 꿀벌이 대답해 줍니다.

"그럼, 우리도 꿀벌이지. 나는 붕붕이라고 해."

"나는 윙윙이. 그런데 너는 어디서 살아?"

"난 여기서 살지."

붕붕이가 가리킨 곳에는 벌집이 있었습니다. 그런데 참 이상합니다. 윙윙이가 사는 벌집과는 그 모양부터 달랐습니다.

"정말 너희 집이니? 같은 꿀벌인데 왜 우리 집과는 모양이 다르지?"

궁금함이 생겨 윙윙이는 붕붕이에게 물어봤습니다.

"너희는 고작 하루 전에 이 동네로 왔지? 우리는 터줏대감이야."

윙윙이의 질문에 답해 줄 생각은 하지 않고, 붕붕이는 엉뚱한 이야기만 합니다.

"그게 무슨 상관이야?"

"상관있지. 나는 자연에서 태어난 꿀벌이고, 넌 양봉을 통해 태어난 꿀벌이지. 난 여기에서만 살기 때문에 너희 벌꿀 무리가 올 때부터 다 봐서 알고 있지."

붕붕이 말에 따르면 꿀벌도 두 가지 삶이 있다고 합니다. 붕붕이처럼 자연에서 나고 자라는 벌이 있고, 윙윙이처럼 양봉장에서 태어난 벌이 있다는 것입니다. 하는 일은 같아도 태어난 집이 다른 셈이지요.

"너희는 아카시아꽃을 따라다닌다고 들었어."

붕붕이는 이어 말했습니다.

"나는 비록 맛있는 꿀을 항상 딸 수는 없지만 그래도 세상을 내 날개가 닿는 대로 마음대로 다닐 수 있지."

붕붕이의 마지막 말이 윙윙이의 가슴을 세차게 두드리고 지나갔습니다.

양봉은 벌꿀을 얻기 위해 꿀벌을 기르는 농업방식입니다. 기록에 따르면 고구려 때부터 사람들이 꿀벌을 길렀다고 하니 사람들의 역사에서 양봉은 오랜 기간 이루어진 일입니다. 이 중 이동 양봉은 꽃이 피는 곳을 따라 이동하며 벌꿀을 얻는 방식입니다. 현대에는 주로 5월에 피는 아카시아꽃 개화 시기에 맞춰 이뤄집니다. 아카시아꽃은 남쪽에서 먼저 피기 시작합니다. 날씨가 따뜻해지는 속도에 맞춰 북쪽에 있는 아카시아도 꽃을 피웁니다. 그 시기에 맞춰 양봉업자들은 남에서 북으로 이동합니다. 이들은 플라스틱 상자 속 나무판에 벌을 넣어 그들이 벌집을 만들고 살 수 있게 해 줍니다.

윙윙이 역시 이 이동 양봉 상자 속에서 태어났습니다. 그러니 자연에서 살고 있는 벌꿀들과 천연 벌집이 낯설 수밖에 없습니다.

그렇다고 이동 양봉이 나쁜 것은 아닙니다. 물론 천연 벌집에서 살면 한군데 정착하기 때문에 안정감이 있는 것은 사실입니다. 그러나 양봉장 벌집에서 살면 사람들이 대신해서 꿀이 들은 꽃 근처로 가기 때문에 헤맬 필요가 없습니다. 여러 경치 좋은 곳을 볼 수 있다는 것도 장점이지요. 또한, 해충으로부터 보호해 주기 때문에 건강 챙기기에도 편합니다.

붕붕이를 만나고 집으로 돌아온 윙윙이는 생각이 많아졌습니다.

가족과 함께 질 좋은 꿀만 먹으며 사는 삶도 좋지만, 다른 꿈이 생겨 버린 것입니다.

'나도 세상을 돌아다니며 나만의 꿀을 가지고 싶어.'

마음 한구석에는 한 가지 의문도 들었습니다.

'오늘 처음 본 붕붕이의 말은 정말 맞을까?'

'내가 정말 이동 양봉장에서 사는 걸까?'

고민에 고민이 더해져 좀처럼 잠이 들 수가 없습니다.

그때였습니다.

"밤이니까 빨리 짐 싸서 이동하자고."

붕붕이의 말을 증명이라도 하듯 양봉업자들의 목소리가 들려왔습니다. 주로 밤을 이동하여 사람들은 벌들을 이동시킵니다. 낮에는 벌들이 일하는 시간이기 때문에 방해해서는 안 되기 때문입니다.

"어이, 조심조심 움직이라고. 벌들이 깨지 않도록!"

양봉업자들은 벌들이 푹 쉴 수 있도록 충격 없이 조심히 플라스틱 상자를 트럭으로 운반 시켜 남에서 북으로 방방곡곡 이동합니다. 벌들이 피곤하지 않도록 흔들림 없이 잘 이동하는 것에 사람들은 굉장히 노력을 많이 합니다. 양봉업자들도 벌들이 건강하게 꿀을 많이 따오기를 바라기 때문입니다.

'붕붕이의 말이 맞았어.'

지금까지는 다른 벌들도 다 자기처럼 사는 줄 알았습니다. 윙윙이는 이제 갓 태어난 꿀벌이고, 그가 아는 세상은 이 양봉장 속 벌집이 전부였기 때문입니다. 상자가 이동하는지 흔들림이 느껴집니다. 잠이 들어 있었다면 푹 자느라 느낄 수 없는 정도이긴 합니다. 그러나 누구보다 멀쩡한 정신으로 깨어 있는 윙윙이는 이 모든 걸 느끼고 깨달았습니다.

'난 정말 이동양봉장에 살고 있구나.'

상자 뚜껑과 상자 사이에 벌어진 틈으로 희미한 빛줄기가 들어옵니다.

윙윙이는 잘 안 보이지만 집중해서 그 틈을 노려보았습니다.

좁은 틈 사이로 보인 하늘에는 꽃만큼 예쁘고 반짝이는 것들이 한가득하였습니다. 어쩐지 달리는 상자를 따라 쫓아오는 기분까지 들었습니다.

'저 꽃은 뭐지? 낮에는 본 적이 없는데…….'

날이 밝자마자 윙윙이는 이 벌집에서 제일 오래 살은 일벌을 찾아가 어젯밤에 본 것에 관해 물었습니다.

"밤하늘에 반짝이는 것? 그건 아마 별일 거야. 나는 자느라 한 번도 본 적이 없지."

역시 오래 살면 모르는 게 없나 봅니다.

'그건 바로 별이구나.'

윙윙이는 가슴속 깊이 일벌의 대답을 새겼습니다.

아카시아 꿀을 따러 가서도 온통 별을 생각할 뿐입니다. 아카시아 꽃보다 별이 10배는 더 예뻐 보이고, 도무지 잊히지 않습니다.

'난 이제 별의 꿀을 따러 갈 거야.'

웡웡이에게 새로운 목표가 생겼습니다.

며칠간 밤에 잠도 안 자고 지켜본 결과, 별들은 밤에만 나오는 게 확실했습니다.

그리고 별들은 웡웡이가 어디를 가든 따라왔습니다. 마치 자신들의 꿀을 맛보러 오라고 유혹하는 것 같기도 했습니다.

'별의 꿀은 무슨 맛일까?'

'어릴 적에 맛본 로열젤리보다 훨씬 더 달콤하겠지?'

'별이 저렇게 예쁜데 꿀도 반짝이는 맛일 거야.'

날이 갈수록 별의 꿀을 가지고 싶다는 마음은 더욱더 커졌습니다.

"난 별이 품은 꿀을 꼭 맛볼 거야."

언젠가 친구들에게 자신의 꿈을 이야기한 적이 있습니다.

"우리 벌들은 밤눈이 어두워서 밤에 나는 건 불가능이야."

친구들은 그 꿈은 이루기 힘들다고 고개를 내저었습니다.

그러나 웡웡이는 쉽게 그 꿈이 포기되지 않았습니다.

오히려 자신도 생겼습니다.

'오로지 별빛에만 의지해서 따라가면 밤에도 별까지 찾아갈 수 있을 거야.'

문제는 밤에 상자에서 나갈 방법이 없다는 것입니다. 상자에 별빛은 들어와도 웡웡이가 나갈 만한 크기의 구멍은 없기 때문입니다.

그동안 노력을 안 한 건 아닙니다. 낮에 다 같이 꿀 따러 갔을 때, 꽃 속에 숨어 밤까지 기다리려고 했습니다. 그러나 정찰병이 귀신같이 알고 나타나 윙윙이를 집으로 데리고 왔습니다. 집만큼 좋은 곳은 없다는 이유로 말입니다.

어느 날은 벌통 뒤에 숨어 있다가 양봉업자에게 들켜 상자 속 벌집으로 돌아오기도 했습니다. 쉴 때 잘 쉬어 줘야 한다나 뭐라나…….

그럼에도 윙윙이는 아직 별의 꿀을 따겠다는 희망을 버리지 않았습니다.

그러던 어느 밤이었습니다.

밤에도 자지 않고 상자에서 나오기 위해 수없이 몸을 좁은 틈바구니에 부딪쳐 볼 때였습니다.

"아직도 자지 않는 벌이 있나?"

모두 잠들어야 할 시간. 상자 속에서 벌이 움직이는 소리가 나자 이상하게 여긴 양봉업자가 다가왔습니다.

"어디가 아픈가?"

혹시라도 아픈 꿀벌이 있을까 봐 양봉업자는 상자를 열고 말았습니다.

윙윙이는 그 틈을 놓치지 않았습니다.

"어이쿠, 이 녀석아 이 밤에 어딜 가."

양봉업자는 도로 상자 속으로 윙윙이를 집어넣기 위해 안간힘을 썼습니다.

그러나 쉽게 잡힐 윙윙이가 아니었습니다.

금세 양봉업자의 손이 닿지 않을 높이까지 날아올랐습니다.

"이러다 다른 벌들 휴식마저 방해하겠네."

양봉업자는 다른 벌들에게 방해가 될까 봐 윙윙이를 잡기 위한 소란을 멈췄습니다.

밤하늘에 꽃처럼 예쁘고 반짝이는 별.

그 별들을 향해 갈수록 윙윙이는 알 수 없는 기분이 가득 차올랐습니다.

그녀가 날아가는 길 아래로 별의 꿀이 수놓아졌습니다.

정은혜

경기도 부천 출생으로 서울디지털대학교 문예창작과를 졸업하였다. 2014년 『문예사조』에 동화를 발표하며 작품 활동을 시작하였다. 현재 '한마루' 동인으로 활동 중이다.

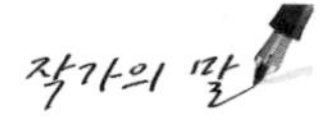

어떻게 하면 마음껏 글을 쓰며 살아갈 수 있을지에 대한 생각을 합니다. 더 노력해야 한다고 생각하면서도 하루하루 먹고사는 일에 바빠 되레 글을 잊고 살 때가 많습니다. 한마루 동인은 그런 점에서 참 고마운 것 같습니다. 척박하고 어려운 세상살이를 지속하면서도 내가 글을 써야 하는 사람임을 항상 기억하게 해주는 존재인 것만 같습니다. 항상 한마루 동인회에 고맙습니다. 또한 하나님께도 감사드립니다. 하나님께서 다양하고 폭 넓은 생각을 할 수 있도록 늘 지혜를 주심에 매번 글을 쓸 수 있게 됩니다.

혼자 먹는 밥

꿈 유치원의 행복나라 반이 시끌벅적합니다. 지안이 때문입니다. 지안이는 다섯 살이 되었는데 아직도 선생님 도움을 받아서만 밥을 먹고 싶어 합니다. 식사 시간이 되면 손을 바닥에 놓고 가만히 있습니다. 선생님이 도와줄 때까지 멍하니 아무것도 하지 않고 기다립니다.

"지안아, 선생님이 한 번 도와줄게. 그다음은 지안이가 스스로 먹어 보는 거 어때?"

선생님이 말하면 지안이는 겨우겨우 손을 들어 한 번 수저로 밥을 떠 봅니다. 바닥에 흘리는 게 더 많습니다. 지안이의 주변으로 밥알이 날아다니고, 반찬이 뛰어다니며, 맛있는 국이 줄줄 흐르지요.

'나는 잘 못해…….'

주위를 한 번 빙 둘러본 지안이가 스스로 잘하는 친구들에 비해 제대로 숟가락질을 하지 못하는 자신을 한 번 보았습니다. 잘 못하니 다 재미가 없어진 지안이가 숟가락을 팽개치듯 내려놓습니다.

이런! 선생님의 표정이 점점 굳어집니다. 선생님은 힘들어도 슬퍼도 항상 웃어야만 하는 사람인데 정말 큰일입니다. 선생님의 표정이 지안이가 있는 행복나라 반 CCTV인 제 눈에 전부 찍혀 버리고 맙니다.

"지안아! 바르게 먹어야지. 친구들이 불편해 하잖아."

지안이는 친구들에게 조금도 관심이 없습니다. 선생님이 밥을 스스로 먹어 보라고 하면 아무렇게나 숟가락을 휘둘러 다시 선생님이 먹여 주게 만드는 것에만 관심이 있지요. 지안이의 커다란 입으로 들어가는 밥알보다 바닥에 떨어지는 것이 훨씬 많습니다.

"지안아. 아, 해."

결국 선생님이 다시 지안이에게 밥을 먹여 줍니다. 선생님은 식사 시간에 한 번도 지안이를 칭찬해 본 적이 없습니다. 당연하지요. 지안이가 선생님을 힘들게 하는걸요.

친구들이 둥글게 모여 밥을 먹는 책상 위는 지안이의 장난으로 아주 많이 더러워졌습니다. 선생님은 지안이의 밥을 떠먹여 주며 다른 친구들의 식사를 챙기고 지안이가 어지른 주변을 정리하느라 전쟁 같은 점심시간을 보냅니다.

어쩌죠? 행복나라 반 선생님의 얼굴에 짜증과 우울만 담겨 있습니다.

점심시간이 지나고 낮잠시간이 되자 선생님이 한쪽에서 노는 지안이와 친구들을 비켜서 이불을 깝니다. 자기 이불이 바닥에 깔리면 행복나라 반 친구들이 하나둘 이불을 찾아 눕지요. 이제 꿈나라에 가서 재미있게 놀 시간입니다. 밥 먹을 때만 되면 말썽을 부리는 지안이도 마찬가지이지요. 마지막으로 지안이가 눕자 선생님이 자장가를 틉니다. 친구들을 하나하나 찾아다니며 머리를 쓰다듬어 주고 등을 도닥입니다. 아직 행복나라 반의 모든 친구가 다 잠들지 않았는데 선생님도 많이 힘들었던 것 같습니다. 지안이의 머리카락을 쓸어 주던 선생님이 꾸벅꾸벅 잠이 듭니다.

지안이도 선생님의 손을 붙들고 막 잠이 들 때였습니다.

"지안아."

"……."

"유지안!"

이름을 부르는 목소리에 지안이가 천천히 눈을 뜹니다. 지안이를 부른 건 유진이였습니다. 유진이는 행복나라 반 친구 중에서 모든 것을 가장 잘합니다. 말도 잘하고요. 한 줄 기차도 잘합니다. 공을 뻥 발로 차서 골대에 넣기나, 종이를 접어 비행기를 만들거나 배를 만드는 것도 잘하지요. 선생님이 유진이를 가장 좋아하는 건 지안이도, 반 친구들도 모두 아는 일입니다. 물론 나도 알고요!

"왜에?"

지안이가 몸을 일으키며 앉습니다. 유진이는 지안이에게 더 바짝 다가옵니다.

"너 오늘도 선생님 힘들게 했지?"

"아니야!"

"밥 먹을 때 왜 멍하니 있어? 네가 멍멍이야?"

"멍멍이 아니야!"

버럭 소리를 지른 지안이 때문에 잠이 들었던 친구들이 꿈틀거립니다. 유진이가 얼른 작은 손으로 지안이의 입을 막았다가 꾸벅꾸벅 조는 선생님을 한 번 봅니다.

"조용히 해."

유진이 때문에 지안이는 울음을 터트릴 것처럼 표정이 좋지 않습니다. 그러자 유진이가 바지 주머니에 손을 집어넣어 무언가를 꺼냅니다. 방이 어두워 잘 보이지가 않습니다.

"이 초콜릿 먹어."

유진이는 왜 초콜릿을 주는지 아무런 이유도 덧붙이지 않았습니다.

"왜?"

"이 초콜릿은 우리 고모가 준 건데 이거 먹으면 너도 혼자서 밥을 먹을 수 있게 돼. 양치도 스스로 할 수 있고, 어린이집에 오면 가방도 스스로 정리해서 넣을 수 있어."

"너처럼?"

"그래, 나처럼!"

울먹이던 지안이의 얼굴이 밝아집니다. 정말 그렇다면 지안이가 초콜릿을 먹지 않을 이유가 없습니다. 지안이는 반 친구들이 가장 좋아하는 멋진 동화 속 공주님보다 유진이를 더 부러워했기 때문입니다. 뭘 해도 다 잘해서 선생님에게 항상 칭찬받고 예쁨받는 유진이가 지안이에게는 일등입니다.

"근데 이게 어떻게 내가 스스로 다 잘 할 수 있게 해 줘?"

"이 초콜릿은 우리 고모가 만든 건데 요술 가루를 뿌렸대. 나도 네 살 때는 다 잘 못했어."

"정말?"

지안이는 네 살 때 다른 어린이집을 다녔고 유진이는 네 살 때 우리 유치원을 다녔기 때문에 나도 알고 있습니다. 유진이는 네 살 때는 지금의 지안이보다 훨씬 더 못했습니다. 매일 선생님을 힘들게 했지요. 그런데 어느 순간 갑자기 잘하던 때가 있었습니다. 선생님들은 유진이를 보면서,

"유진이가 부쩍 컸네요." 라고만 했습니다. 그런데 지금 보니 요술 초콜릿을 먹어서 그랬나 봐요!

"그 요술 가루가 스스로 잘 할 수 있게 해 주는 거라고 했어."

지안이가 침을 한 번 꼴깍 삼킵니다. 얼른 요술 초콜릿을 먹고 유진이처럼 될 생각에 기대가 부풀어 오릅니다.

"이거 먹을 거지?"

"응! 먹을래!"

유진이가 주는 초콜릿을 지안이가 받습니다. 선생님이 있었으면 바로 까 달라고 했겠지만 지안이는 스스로 초콜릿 껍질을 공들여 벗겨 냈습니다. 망설임도 없이 한입에 앙 넣습니다. 냠냠, 달콤한 초콜릿을 먹은 지안이가 곧이어 스르르 잠이 듭니다.

달콤한 단잠을 잔 지안이가 기분 좋게 일어납니다. 일어나자마자 유진이를 한 번 보았지만 초콜릿을 먹은 이야기는 하지 않았습니다. 이제 오후 간식을 먹기 전에 화장실에 가서 쉬를 하고 손을 씻어야

합니다. 지안이는 분명,

"선생니임!!!!" 하고 큰 소리로 부르며 속옷과 바지를 올려 달라고 하겠지요? 어? 아니! 아니에요. 이럴 수가. 가장 먼저 쉬를 하고 손을 씻고 나온 아이는 지안이입니다. 선생님도 놀라서 지안이를 크게 부릅니다.

"어머, 지안아! 혼자 쉬하고 손 씻고 나온 거야? 와! 지안이 너무 멋지다. 최고야! 훌륭해!"

지안이도 깜짝 놀란 것 같습니다. 문 앞에서 가만히 서 있다가 선생님이 지안이를 향해 두 팔을 벌리자 그제야 뛰기 시작합니다. 오도도도 달려오더니 선생님에게 폭 안깁니다. 웃고 있는 얼굴이 너무나도 행복해 보입니다.

오후 간식 시간이 시작되자 지안이가 자리에 바르게 앉습니다. 간식으로 사과가 나왔습니다. 사과는 포크로 콕 찍어서 입에 쏙 넣기만 하면 됩니다. 하지만 이렇게 먹기 쉬운 과일도 선생님에게 항상 먹여 달라고 했던 지안이입니다. 이번엔 지안이가 어떻게 할까요?

먼저 친구들과 선생님이 간식 노래를 부릅니다.

"두 손 짝~ 소리 없이 짝~ 맛있는 간식 감사합니다. 잘 먹겠습니다~"

노래가 끝나자 지안이가 포크를 듭니다. 손을 가만히 있지 않구요! 사과를 하나 꾸욱 찍어 누르는 손에 힘이 들어갑니다. 입에 맛있는 사과 조각을 쏙 넣더니 만족한 듯 씩 웃는 얼굴이 무척 기뻐 보입니다. 한 번 먹고 그만두는 것이 아니라 지안이는 사과를 또 꾸욱 찍어 봅니다. 포크가 잘 들어가지 않아도 멍하니 있지 않고 노력하는 모습까지 보입니다. 정말 신기한 일이에요! 유진이가 준 요술 초콜릿이 정말 효과가 있나 봐요!

"와, 우리 지안이 스스로 간식 먹어 보는 거야? 정말 대단해. 지안이가 스스로 먹어 보니까 어때?"

"음……."

지안이가 부끄럽다는 듯 얼굴을 감추더니 이내 활짝 웃습니다.

"정말 맛있어요!"

지안이가 바르게 앉아 씩씩하게 스스로 먹기 시작하자 선생님뿐만 아니라 친구들의 얼굴에도 웃음꽃이 만발합니다. 식사 시간마다 선생님이 지안이의 이름을 불러서 친구들도 불안해했기 때문입니다. 지안이가 스스로 잘하면 선생님은 물론이고 친구들까지 기뻐하는 것입니다.

다음 날도 또 다음 날도 지안이는 즐겁게 어린이집에 와 선생님의 도움 없이 혼자 간식을 먹고 밥을 먹었습니다. 그러면 선생님은 지안이를 칭찬해 주었지요. 덕분에 지안이의 식사 시간이 무척 즐거워졌습니다. 물론 지안이가 갑자기 다 잘하게 되는 건 아니었습니다. 때때로 실수할 때도 있었지요. 언제 한 번 간식으로 국수가 나온 날이 있었습니다. 국물 때문에 포크로 면을 들어도 전부 도망을 쳐서 지안이는 무척 힘들게 간식을 먹었습니다. 지쳤는지 예전처럼 가만히 있자 선생님이 지안이를 도닥였지요.

"지안아. 먹기 힘들어? 숟가락으로 바꿔 줄까?"

지안이가 고개를 끄덕이면 선생님이 국수를 가위로 마구 자른 뒤 숟가락을 주었습니다. 그래도 쉽지는 않아서 지안이는 그릇에 얼굴을 바짝 대고 먹어야 했습니다. 지안이는 국수를 먹다 말고 자꾸 손을 놓고 쉬었습니다. 마치 예전의 지안이를 보는 것 같았습니다.

"지안아. 선생님이랑 번갈아 가면서 먹어 볼까? 선생님이 한 번 지안이 도와주고, 지안이가 한번 스스로 먹고."

가만히 있는 지안이에게 선생님이 물어보자 지안이가 고개를 끄덕입니다. 지안이는 선생님과 함께 간식을 먹었습니다. 하지만 국물을 옷에 다 흘리면서 먹고도 주변을 엉망진창으로 만들었습니다. 마치 초콜릿을 먹기 전처럼요! 그런데 무슨 일일까요? 선생님의 얼굴도, 지안이의 얼굴도 행복하지 않을 표정이 아닙니다.

"지안아. 잘 했어."

"응!"

선생님이 지안이에게 묻은 국수를 치우고 상을 정리하면서 말합니다.

"지안이가 포기하지 않고 끝까지 스스로 먹으려고 노력한 거 멋있었어."

선생님이 엄지를 치켜들며 웃자, 지안이가 선생님의 엄지를 꾹 잡으며 따라 웃습니다. 초콜릿을 먹기 전과 비슷하면서도 달랐던 건 지안이가 계속 혼자 먹어 보려 노력했던 것이었나 봐요. 즐겁게 웃는 지안이와 선생님을 바라보는 유진이의 얼굴에도 미소가 걸려 있습니다. 어쩌면 유진이의 고모가 만든 초콜릿에는 대단한 요술 가루가 들어 있는 것이 아니라 노력의 주문 가루가 뿌려져 있는 것일지도 모르겠습니다.